― 書き下ろし長編官能小説 ―

しくじり女上司

美野 晶

竹書房ラブロマン文庫

目次

この作品は、竹書房ラブロマン文庫のために
書き下ろされたものです。

プロローグ

「あっ、ああああん、おっきい、あっ、あああ、すごい」

大学のサークルのメンバーたちが泊まっているホテルの、建物の裏手にある林で、一成は恋人である真由の秘裂をいきり立つ逸物で貫いていた。

練習も終わった夕暮れどき、真由に手を引かれて人気のないここに連れてこられたのだ。

「ま、真由もすごくきつくなってる」

外でしてみたいと言って、テニスウエアのスコートをまくってノーパンの股間を見せつけてきた真由に、一成は魅入られるようにしがみついた。

いまは大きな木の太い幹に背中を預けた真由の正面に立ち、彼女の白い脚を片方だけ持ちあげて肉棒を突きあげている。

「あっ、ああああん、だって、あああっ、一成のすごく硬いから、あっ、ああ」

なぜ彼女が青姦を求めてきたのかはわからないが、誰かが見ているかもしれないというシチュエーションに興奮している様子で、ムッチリとしたヒップをくねらせて少しやばいと思うくらいに喘いでいる。

真由は、一成にとって初めての恋人だ。大学進学とともに入ったテニスサークルで一成は彼女に出会い、付き合いはじめた。

初めてのセックスの相手も真由だったが、普段の大人しい雰囲気とは裏腹に、彼女は性に対してとても積極的だ。今日のように真由がリードして、一成がついてゆくことが多かった。

高校時代の一成は空手道場で毎日しごかれ、おかげで全国大会にも出場出来たが、甘酸っぱい青春の体験などは皆無だ。そんな自分が、サークルの合宿中に二人きりで宿泊先のホテルを抜け出し、野外セックスに耽るなど、以前は想像もつかなかった。

「あっ、ああっ、いい、あああん、もうだめ、ああっ、あああ」

真由が時折歯を食いしばる仕草を見せる。それはもうすぐ女の極みに達するという合図だ。

彼女との行為の中で一成はセックスを知り、そして自分の肉棒が人並み以上に大きいのだというのも知った。

「乳首がすごく硬くなってるよ」

テニスウエアの上着と白いブラジャーを鎖骨(さこつ)の上までまくりあげ、小ぶりながらも形のいい乳房の先端を一成は軽く摘(つ)まんだ。

「ああっ、はああん、両方なんて、ああっ、だめっ、あああ」

なよなよと首を振りながら、真由はさらによがり泣きを激しくする。

一成は持ちあげている彼女の片脚をしっかりと固定して突きあげを速くしながら、尖りきった乳頭にしゃぶりついた。

「あっ、あああ、真由、もうイク、ああっ。イク、くうううう」

向かい合って立つ一成の腕を強く握って真由は頂点に向かっていく。

一成はそんな恋人の濡れた膣奥を力の限りに突きあげた。

「お、おい押すな。うわっ」

そのとき、近くの草むらから声がして、真由は顔を引(ひ)き攣(つ)らせ、一成はピストンを止めた。

声の方向を振り返ると、テニスサークルの先輩が二人転がっている。さらにその後ろには男女数人のメンバーがいた。

「ち、違うんです。一成くんがどうしても外でしたいって、普通じゃ興奮しないからって」

見ていたほうも見られていたほうも無言で固まった数秒間のあと、真由は涙声でそう叫ぶと、その場から逃げ出してしまった。

「ええええええ」

一成と真由が付き合っているのは皆も知っているから、無理矢理のセックスだと疑う人間はいないだろうが、これでは一成が青姦を言い出したことになる。

「うわー、一成って変態だったんだ……」

気の強い女先輩の一人が顔を歪めて呟いた。

「えええええっ、そ、そんな、俺は……っ！」

うまい言い訳など思いつかない一成は、一瞬で萎んだ肉棒をプラプラさせたまま呆然とするしかなかった。

第一章　美人課長の失敗

「Ｋ支店チーフトレーナー宮西（みやにし）、元ラグビー選手。自慢は大胸筋であります」

　焼肉店の貸し切りルーム。酒も進んで興がのってきたころ、一人の男が上半身裸になって大きく盛りあがる胸の筋肉を見せた。

「いいぞ、キレてる」

　部屋には十数人の人間がいて中には女性もいるが、半裸の男を前にしても、やんやと囃（はや）したてている。

　参加している者のほとんどが、Ａ市を拠点に五店舗のスポーツジムを運営する会社の店長やトレーナーなだけあって、宴会は体育会系な盛り上がりを見せていた。

　少ない女性陣もよく鍛（きた）えられた身体の上にＴシャツなどの薄着で、引き締まった筋肉を見せつけている感じだった。

「呑（の）んでるかい岡野（おかの）くん。あまり気を遣（つか）わなくてもいいぞ」

顔見知りの店長が一成の隣に来て肩を叩いてきた。彼もまた元水泳選手でよく日焼けした肌に、肩回りや背中の筋肉の盛りあがりが凄い。

「は、はい、いただいてます」

薄着の中に筋肉の鎧を着たような店長たちに対し、岡野一成はスーツ姿だ。

二十五歳の一成はジムの関係者ではない。そこにプロテインやアミノ酸などの栄養補助食品を納めている会社の営業マンだ。

今日は取引が始まってちょうど二年になるということで、顧客への接待を兼ねた記念の会を、一成の会社が催したというわけだった。

「君のところの製品はお客様にも評判がいいよ。さすが日本製だって」

一成の勤めるＭＭ社は、アスリートなど、トレーニングをする人間のための食品を製造販売しているのだが、すべて日本の自社工場で製造している。

筋トレなどを趣味とする人は食事制限をしてまで体型にこだわっている人も多く、栄養補助食品も値段より質にこだわるので、ＭＭ社はそういう人々の支持を得て業績を伸ばしていた。

「ありがとうございます、トレーナーや店長さんのプッシュもあってこそですよ」

今日のジムはＮといい、全国チェーンではないが、社長が元ボディビルダーで、いいトレーニング機材やトレーナーが揃っていると評判だ。

ここのショップで押してもらえるのは、会社にとって利益以上の得もあり、大事な顧客だった。

そのせいか、酒を呑んで顔を赤くはしているが、酔いがあまりまわってこないくらいに一成は緊張していた。

「ほらほら、もっと呑みたまえ、いける口だね課長さんは」

焼肉用のコンロがついたテーブルの向こう側から、中年男性の声がして一成は顔を向けた。

そこにはジムの社長が太い二の腕で袖がはち切れそうなポロシャツ姿で座り、隣には一成の直属の上司である坂本日菜子が座っていた。

(大丈夫かな課長。ずいぶん呑んでるみたいだけど……)

一成と同じようにスーツ姿がちょっと場の中で浮いている感じがする日菜子は、今年で三十二歳になるMM社営業二課の課長だ。

ジムの担当者は一成だが、今日は大事な接待ということで日菜子も同行している。

一成の会社では業績をあげる人間は男女年齢関係無しに出世が早く、彼女は抜群の営業成績をあげて三十歳で課長の座に着いた才女なのだった。

（普段はほとんど呑まないはずだったよな）

日菜子は切れ長の瞳をした色白の美人だが、仕事一筋の真面目な女性で、あまり表情の変化がない。いつも厳しい顔をしているので、『鉄面皮（てつめんぴ）』『氷の女』などというあだ名を社内でつけられていたりする。

会社の忘年会などでも騒いだりすることなく、いつもビールを数杯くらいしか呑まない彼女が酒豪の社長に付き合って日本酒を口にしたりしているので、一成は少し心配になってきた。

（でもちょっと色っぽいな）

かなり酒も回っているのか、日菜子のいつもは鋭さを感じさせる瞳が少し潤（うる）み、頬（ほお）もほんのりとピンクに染まっている。

元の美しさに色香が加わり、なんとも男心を刺激した。

「おーい、元空手マン。お前の筋肉見せてみろー」

熟（う）れた女の魅力をまき散らす日菜子に見とれていると、離れた席に座る店長から声がかかった。

元空手マンとは一成のことだ。高校時代には全国大会に出場したことは、ジムの皆がよく知っていた。

「えー、俺ですか。皆さんと違って人前に出せる身体じゃないのですが」

　MM社は扱っている商品上、トレーニングをしている社員も多く、社屋には専用のジムやシャワールームも完備されている。

　皆、そこでトレーニングをし、自分の身体でプロテインなどを試している。

　ただ一成は大学入学時に競技は引退し、いまは体力維持程度にマシンでトレーニングをしているくらいだ。

「とりあえず出してみろー」

「俺らがいい筋肉か判断してやるぞー」

　他の店長たちもやんやと煽ってくる。女性もいる場なので普通ならセクハラとも取られかねないが、これがトレーナーたちのノリだ。

　彼らの思考は常に筋肉を中心に回っているのだ。

「あはは、どうしましょうかね」

　一成はもう顔がかなり赤い女上司をちらりと見た。彼女だけは一成が脱いだりするとセクハラだと感じ取るかもしれない。

　脱ぐといっても上半身裸ぐらいだから水着と変わらないのだが、一成がそう考えてしまう理由は日菜子が真面目だという以外にもう一つあった。

『あー、変態の岡野！』

変態男の烙印を押され、恋人の真由とも気まずくなって別れてしまった一成は、テニスサークルも辞めて暗い大学生活を送った。

社会人となり晴れて新生活を送ろうとした入社式。参列していた先輩女性社員の一人が、一成を見るなりそう叫んだのだ。

（お……終わった）

あの日、青姦を覗いていた女性の一人が先にMM社に入社していたのだ。一成は叔父の紹介で入社面接を受けたためOB訪問などはしていなかったので、同じ大学、それもあの日のメンバーだった女先輩がいるなど、まったく知らなかった。

『え、なになに、変態？』

皆がざわつきだし、その場は部長が注意して収まったのだが、変態と呼ばれている理由は当然他の社員たちにも知られることとなった。

大学時代の話なので会社員として生活に支障はなかったが、女性陣にはやはり微妙に距離を取られていた。

直属の上司である日菜子は、もともとなれ合わないタイプの人なので、そのことを態度に出したりしてくることはなかったから助かっていた。

（でも……）

真面目な彼女のことだ。一成が変態性欲を満たすために服を脱いだと思って、あとでお叱りを受けるかもしれない。

だが一成の心配をよそに、テーブルの対面に座る日菜子は意外にも明るい笑顔だった。

「がんばれー岡野くん」

楽しそうな声まであげて、皆の煽りに乗っかっている。

（ええっ、課長ってこんなタイプだったっけ？）

そういう酒癖の持ち主なのか、初めて見る氷の女がはしゃぐ様子に一成は面食らっていた。

「早くしろー」

そんなことを考えている間に、店長たちはさらに盛りあがっている。

「わかりました。ＭＭ社岡野一成、脱ぎます」

日菜子にまで煽られてはもう逃げるわけにいかない。その場で立ちあがった一成はネクタイを解（ほど）いてＹシャツも脱いだ。

「おお、ナイス広背筋」

　さすがにちょっと恥ずかしくて壁のほうを向いて上半身裸になると、トレーナーの一人がかけ声をかけてきた。

　さすがに彼らとは比べるべくもないが、高校時代にサンドバッグをよく叩かされていたおかげか、一成の背中や太腿(ふともも)はよく筋肉が発達していた。

「いいぞ、いい身体だ」

「でももうちょっと肩が大きいとバランスいいよ」

　一成の身体を褒めながらも店長やトレーナーたちからチェックが入る。

　自分は別にボディビルの大会に出るわけではないという思いもあるが、まあ彼らはそれが仕事でもあるから仕方がない。

「がんばります、はい」

　ただ意外と褒めてもらえたことに照れながら、一成は席に座り直した。

　日菜子のほうを見ると笑顔で拍手してくれているから、変態男の件もいまは気にしないでよさそうだ。

「そうだぞ、プロテインを飲んでガンガン鍛えればいい、君もここを目指せ」

　場の盛りあがりに刺激されたのか、社長も着ているポロシャツを脱いで上半身を晒(さら)した。

鍛え抜かれたその筋肉は肩も大胸筋も大きく盛りあがり、くぼむ部分など深い溝が入っている。

さすがボディビルの全国大会で入賞経験があるだけあって、見事なものだ。

「うわーすごいですねえ」

社長の隣に座っている日菜子も目を丸くしている。

「いいぞ、触ってみるかね」

「えー、いいんですか、わあ、硬ーい」

いつもの無表情な彼女とは別人のように、日菜子はやけに明るい感じで社長のよく日焼けした上半身を触ってはしゃいでいる。

(ええ、どこまで明るくなるんだ)

彼女の下について三年になるが、白い歯を見せて笑う日菜子の顔など一度も見た経験がなかった。

明るく、そして可愛らしい表情を見せる女上司に、一成はいつしか魅入られていた。

「まだまだ現役だからな。ついでにこっちのほうも毎朝ガチガチだぞ」

筋肉を褒められてすっかり上機嫌になっている社長は、日菜子のほうを向いて笑いながら自分の股間を指差した。

「もう、やだー社長」

日菜子は別に嫌がるような顔は見せず、ケラケラと笑って社長の頭をはたいた。

取引先の社長の頭をはたいた彼女に一成は目をひん剥(む)いたが、それだけでは終わらなかった。

「ええええ」

同時に社長の頭から黒い物体が飛び、目の前のまだ熱い焼肉用のコンロの上に落下した。

ジューという音と同時に髪の毛の焼ける臭いと煙が立ちこめる。

社長の顔を見ると、先ほどまであった頭頂部の髪の毛が消えていた。

焼けていく社長のカツラを、日菜子も含めて皆があっけにとられて見つめている。

「あ、あちちち」

慌ててコンロからカツラを取り出した一成はその熱さに火傷(やけど)しそうになった。

「………」

なんとかカツラを救出して社長のほうを見ると、真っ赤な顔をして唇を噛(か)みしめてワナワナと震えている。

とんでもない異常事態に、全員がもうどうしていいかわからない。

「と、とりあえず今日はお開き、全員解散にしよう！」

身も凍るような無言の時間が流れたあと、Ｎジムの事務方のトップである経理部長が大声をあげた。

同時にトレーナーや店長たちがその場から立ちあがった。

「あとはなんとかしとくから帰りなさい。お会計もこちらがするから」

「は、はい」

経理部長からそう言われ、一成は慌ててシャツを着ると、呆然となっている日菜子を引っ張って焼き肉屋を飛び出した。


「どうも申しわけございませんでした」

宴会がＮジムの定休日の前日だったので、翌々日の夕方になんとかアポを取り、一成と日菜子は社長のところに謝罪に出向いた。

社長室の大きな机の向こうに座る社長は、ずっと仏頂面でこちらを見ようとしない。

彼の頭にもうカツラはなく、禿げあがった頭頂部が剝き出しになっていた。

「ほんとうになんとお詫びしていいか」

一成の横で日菜子は腰を九十度に曲げ、頭を下げ続けている。

昨日の彼女の落ち込みようはすごかった。いつもは鋭さを感じさせる切れ長の瞳もずっと不安げだった。

ここに来る間もずっと言葉を発することはなかった。Nジムの契約が打ち切られるとなると大ダメージを受けるからだ。

「社長、なんとか言ってあげたら」

「どうしてワシが」

社長の横には経理部長が立っていて、一成たちが持参した手土産も彼が受け取ってくれた。

宴会を強制終了させたやり手の部長でも、さすがに持てあましている様子だ。

「あの……社長、少しよろしいでしょうか？」

頭だけ下げて帰るという手もあるが、なんとか社長に許してもらって同じように取引を続けてもらいたい。

日菜子の落ち込みようも凄いし、担当者としてどうにかしなければと、一成は考え、ある仕込みをしていた。

「あの、社長は僕とトレーナーの遠藤さんが同級生だというのはご存じでしたよね」

遠藤とは一成と同じ高校の同級生の女性で、同じ空手道場に通っていた友人でもあった。卒業後はNジムに就職していまは本店で副チーフをしている。

「ああ、覚えてるよ。もともとMMさんとの付き合いは彼女の紹介だったしな」

そっぽを向いたまま社長は低い声で答えた。

もともとNジムとMM社は取引がなかったのが、遠藤が一成を紹介する形で商品を置いてもらえることになった。

コネを利用したともいえるが、一成にとって初めての大型契約だった。

「その遠藤さんから、どうしても社長に見てもらってくれという動画が送られてきまして、はい」

遠藤と一成は男女の関係はまったくないが、厳しいと知られた空手道場で共に励んだ同志のような存在だ。

先日の宴会には同席していなかった彼女だが、事情を聞いてある提案をしてくれた。

「動画？　なんの」

一成がスマホを差し出すと社長と経理部長が覗き込んできた。

『社長の筋肉のすごさは髪の毛のあるなしに左右されません』

『私は社長のボディに憧れてNジムに入りました。元気出してください』

『社長の上腕二頭筋、最高です。髪なんかなくても問題ないです』

動画は各ジムのトレーナーたちがコメントしている動画を編集したもので、次々と男女が登場して社長を励ましている。

遠藤によると誰よりも自分の筋肉に誇りを持っている人だから、髪の毛なんかなくても筋肉の素晴らしさはかわらないと皆で励ましたらいいと、協力者を募ってくれたのだ。

なんでも社長のカツラは社員たちの間では周知の事実だったらしく、これでもうよけいな気を遣わなくてもよくなるという、皆の思惑もあるらしい。

「むう、うん、もういい、スマホをしまいなさい」

社長はしばらく動画を見たあと、スマホを一成に返してきた。

(しまった逆効果だったかな)

正直、一成は筋肉を褒めて社長の機嫌を直そうという話の効果に半信半疑だった。

社長の性格をよく知るという遠藤は絶対に大丈夫だと言っていたが。

「ま、まあ私もセクハラ的なことを言ってしまったわけだし、君たちだけが悪いわけではないからな」

社長はまだこちらを見ないが、少し表情を柔らかくして言った。

「では社長、ＭＭ社さんとのお付き合いも以前と同じようでいいですね」

すかさず経理部長がフォローを入れてくれた。この人がいるからＮジムが繁盛しているとと遠藤も話していた。

「お客様が喜んでいるんだから断る理由なんかないだろう。まあ今後ともよろしく頼むよ」

ここでようやく社長がこちらを向いて言った。

「あ、ありがとうございます」

一成は勢いよく頭を下げて大声で礼を言った。


「はあー、よかったあ」

Ｎジムの事務所があるビルを出ると同時に、一成は力が抜けてしゃがみ込んだ。

不安だったがなんとかうまい方向に持っていけて、遠藤には感謝するばかりだ。

「ほんとうにありがとう、私……なにも出来なかったわね」

動画のことは日菜子に事前に相談はしていなかった。かなり突拍子もない内容だったので止められると思ったからだ。

「い、いえ。なんとかなってよかったです。はい」

あらためて頭を下げる女上司を一成はどうしてか以前のようにまっすぐに見ることが出来ずにいた。

（綺麗なだけじゃなくて……可愛い）

この前の宴会の際に見せた無邪気な笑顔。そして今日の不安げな感じ。

クールで厳しい上司というイメージしかなかった日菜子を、この三日間で一成はかなり女として意識するようになっていた。

（いかんいかん、上司だぞ。それに俺は変態男だと思われてるし）

Ｎジムのように社外の人々はともかく、ＭＭ社では一成は青姦好きの変態男なのだ。

そんな人間に女として見られていると知ったら日菜子も嫌がるだろう。

なにせ一成が社内にあるジムスペースに行くと、身体にフィットする服でトレーニングをしていた女子社員が急にＴシャツを着たりするくらいだからだ。

「いまからお礼をさせて。会社には直帰の連絡を入れておくから」

「えっ、なにを」

「いいから来て」

日菜子に強引に手を引かれ、一成は仕方なしについていった。

「あはは、呑んだねえ、たくさん」

一成が連れて行かれたのは、日菜子の自宅に近い場所にあるという居酒屋だった。

そこで日菜子はちょくちょく一人呑みをしているらしい。

「自分でも酒癖がよくないのはわかってるから、呑むときは家の近所で一人でって決めているのよ」

その言葉に嘘はないようで日菜子が男を連れてきたことに、店の大将が少し驚いた顔をしていた。

今日はお礼に日菜子の奢りだと言われ、ここで二人、けっこうな量を呑んだ。

「すごく嬉しい日だから今日はいいの」

そう言って焼酎のロックを呑み始めた日菜子は呑むたびに明るくなっていき、普段の鉄面皮とは別人のような笑顔を見せていた。

「そっち危ないですよ、課長」

かなり酔っ払っている様子の日菜子はもう千鳥足のため、歩いて五分だという彼女のマンションまで送っていくことになった。

危うくガードレールにぶつかりそうになっている女上司の腕を掴んで、一成は慌てて支えた。

「うーん、ありがとう。優しいね」

いままで見たこともないような甘えた声を出した日菜子は、一成にスーツを着た身体を寄せてきた。

それでもまだ彼女の脚がふらついているため、二人は必然的に肩を寄せ合いながら歩いていく。

（彼氏とかほんとうにいないのかな）

先ほどの居酒屋は家族経営の小さなお店で、女将さんが日菜子が男を連れてきたのは初めてだと、日菜子がトイレに立った際に話しかけてきた。

（じっさい、近くで見るとすごくエロいし）

目鼻立ちが整っているだけでなく、ストレートの黒髪は艶やかだし、唇はぽってりとしていてなんとも色っぽい。

そして普段は恐れ多くてじっと見ることも出来ないが、胸元はジャケットを着ていてもはっきりとわかるくらいに盛りあがっている。

三十二歳という年齢を感じさせない肌の張りもあり、一成は喉がやけに渇いていた。

「そこよ、ちょっと寄ってく？　ビールくらいしかないけど」

日菜子は少し瞳を潤ませて一成を見つめてきた。厚めの唇に浮かんだ微笑みが色っぽい。

「は、はあ」

魅入られるように一成は彼女の言葉に頷いていた。

日菜子はジャケットを脱いで食卓のイスにかけると、キッチンにビールを取りに行っている。

「ビール出してくるわね」

日菜子の部屋は１ＬＤＫの造りのようで、一成はリビングに置かれた三人掛けくらいの大きなソファーに座らされた。

（とりあえず……男の気配はないな……）

ドアを開けたとたんに、怖い男の人が出てきたらどうしようかと思っていたが、日菜子の部屋はきちんと片づいているだけでなく、女性らしい花柄のカーテンがつけられていたりしていて男の気配は感じさせなかった。

「はい、おつまみとか置いてなくて、ハムくらいしかないけど」

日菜子はコップと缶ビール、そしてハムとキュウリが切られたものを載せた皿をソファーの前の低いテーブルに置いた。

「い、いえ、充分です」

白のブラウスに黒のタイト気味のスカート。やけに身体のラインを感じるのは一成が少しおかしくなっているせいだろうか。

そんな日菜子がソファーの隣に腰を下ろすと、もう一成は頭がカッカッとしてきて心臓の鼓動が聞こえてきた。

(俺……こんな人間だったっけ……)

大学時代に変態男呼ばわりされてから、一成は女性に消極的になってしまっている一面があった。

社内はもちろん無理なので、知人の紹介などで何人かの女性と付き合ったがどうにも深入り出来ず、行為を持ってもそれほど燃える気持ちになれなかった。

(それがどうして……)

いま目の前にいるのはクールで厳しい直属の上司だ。一成が変態男と呼ばれていることももちろん知っている。

年齢も三十二歳。いわば一番手を出してはいけない相手なのに、自分を抑えるのが精一杯の有様だ。

こんなに性欲を抑えられない自分だったたか、酒がそうさせているのか、一成は自問を繰り返すが、その間も心臓の鼓動がさらに速くなっていった。

「はい、今日は岡野くんにお礼をする日だから、お酌」

そんな部下の思いになど微塵も気がついていない様子の日菜子は、一成にさらに身体を寄せてコップを差し出してきた。

「い、いえ大丈夫です。自分で」

一成は慌てて彼女から缶ビールとコップをひったくると、身体を前に向けて自分で注いでいく。

少し酔いが醒めてきているのか、日菜子が近くにくると甘い香りがやけに気になってしまうからだ。

「そ、そうよね。私みたいなおばさんにお酌してもらっても嬉しくないよね」

日菜子ははっとなったような顔をしたあと、一成と同じようにテーブルのほうに身体を向けて座り直した。

「い、いえ、そういう意味じゃ。おばさんだなんて、すごく綺麗ですよ課長は」

少し悲しげな表情をする女上司に、一成は慌てて顔を向けた。

「そんな……お世辞なんて言わなくていいわ。きついおばさん上司だってずっと思っているんでしょ」

日菜子のほうは顔を伏せたままそんなことを呟いた。切れ長の瞳が潤み、厚めの唇が少し震えている感じがする。

会社では絶対に見せない彼女の弱々しい姿に、一成は頭の中でなにかが弾けた。

（も、もう無理だあ……）

胸の奥が締めつけられ、全身の血液が股間に集まっていく。

牡の本能を抑えきれなくなった一成は、ビールをテーブルに置くと、身をひるがえして日菜子に覆いかぶさった。

「きゃああ、岡野くん、なに、あっ、んんんんん」

驚く彼女をソファーに押し倒し、強引に唇を重ねていく。そのまま舌を差し入れて強く絡ませた。

「んんんん、んく、んんんんん」

目を見開いたままの日菜子を上から強く抱きしめ、音がするほど強く口を吸った。

柔らかくぬめった舌の甘い感触に一成はますます心を燃やしていく。

「んんん、ぷはっ、だ、だめよ岡野くん、落ち着いて、私たち上司と部下なのよ」

仰向けの身体をソファーに横たえている日菜子は、一成の身体を両手で少し押し返しながら言った。

「こんな年上のおばさんなんか抱いても後悔するだけだから、ね、もう離れて」

静かにそして少し悲しそうに日菜子は言った。一成と日菜子の年齢差は七歳。彼女はなんだかそこをかなり気にしている感じだ。

「どんな若い女の人よりも課長は魅力的ですよ。課長のそばにいるともう抑えられないんです、肌だってこんなに艶やかで」

彼女の手を払いのけた一成は、日菜子の首筋にキスの雨を降らせていく。

色白で柔らかい肌に唇が吸いつく感じがたまらなかった。

「あっ、だめっ、あっ、あっ」

スカートから伸びた黒ストッキングの脚をくねらせて、日菜子は身悶えている。

普段は低めの彼女の声がどんどん甲高くなっていた。

「後悔なんて絶対にしません。課長はすごく素敵な女性です」

白いブラウスのボタンを外しながら、一成は鎖骨のあたりに強くキスをした。

透き通る肌に唇の跡がはっきりと残るくらいに。

「あ……そんな……私なんか……」

切なげな表情を見せながら顔を横に向けた日菜子の身体から、力が抜けていく。

一成はその瞬間を逃すまいと日菜子のブラウスやスカート、ストッキングなどを次々に脱がせていく。

「あっ、やっ、恥ずかしい、ああっ、明るいところで、あっ」

あっという間に白いブラジャーとパンティだけの姿にされた日菜子は、急に恥じらいだした。

それでもかまわずに一成はブラのホックを外して、一気に剥ぎ取った。

「す、すごく大きいんですね、おっぱい」

恥じらっている女性にこんなことを言うのもどうかと思うが、一成はつい口走ってしまっていた。

ソファーに仰向けに横たわる身体は細身なのに、男の手にもあまるくらいに乳房が二つ胸板の上で盛りあがり、彼女が息をするたびにフルフルと揺れているのだ。

「や、恥ずかしい、もう張りもないから、見ないで」

「無理です、こんな柔らかそうなおっぱい」

頬を赤くして恥じらう女上司もまた新鮮で淫靡だ。一成は吸い寄せられるように双乳に手を伸ばしていく。

「あっ、だめっ、あっ、やっ」

しっとりとした美肌の乳房に十本の指が吸い込まれていく。そのまま色素が薄めの乳首にキスをすると、日菜子の声が一段と大きくなった。

（ずっと埋まっていたい）

フワフワの巨乳に顔を押しつけ、乳輪部や下乳のあたりまで舌を這わせながら彼女の体温を感じる。

永遠にここにいたいと思うくらい、日菜子の柔乳はたまらない感触だった。

「あっ、やん、ああっ、乳首ばかり、ああっ、だめっ、ああ」

巨乳にも負けないくらいにムッチリと肉が乗ったヒップをくねらせながら、日菜子はずっと喘ぎ続けている。

一成はそんな彼女の乱れる姿をもっと見たいと、自身の身体を下にずらし、パンティに手をかけた。

「あっ、いやっ、そこは、あっ」

白のパンティを引き下ろすと、日菜子は目を見開いて驚く。ただ抵抗をするのではなく、恥ずかしそうに両手で顔を覆ってしまった。

「課長のここ……すごくエッチな匂いがします」

こんな言葉を女性にかけたことなどないのに、つい口走ってしまうほどに一成は興奮していた。

熟女らしくしっかりと密生した黒く太い陰毛。ぴったりと閉じ合わさっている白い太腿の奥から牝の淫臭が立ちこめていた。

「いっ、いやあ、そんなこと言わないで、ああ……」

もう全身をピンクに染めている日菜子は、顔を隠したまま消え入りそうな声で訴えてくる。

いじらしい彼女をたまらなく思いながら、一成は肉感的な太腿を割り開き、顔をそこに持っていった。

「あっ、なにをしているのっ、あっ、近い」

日菜子は自分の秘部の前に一成の顔があることに気がつくと、急に焦って脚をばたつかせた。

ただもう一成は舌を出していて、その先をゆっくりと這わせていく。

「すごく綺麗でエッチです、課長の、んん」

少々強引に露わにした女上司の秘裂は、薄いピンク色をしていて、ビラもやけに小さい。

ただ清楚な見た目とは逆に開き気味の膣口の奥の肉が厚く、ヌメヌメと愛液に溢れかえっていた。

（課長のオマ×コを見る日が来るなんて……）

仕事のときは鬼のような女上司の秘密の場所を間近で見つめることなど、想像もしていなかった。

しかもそこはまるで男を誘惑するように、愛液に濡れ光りながら小さくうごめいているのだ。

「いきますよ、課長」

「あっ、だめっ、ああっ、はあああん」

もう頭がおかしくなるかと思うくらいの興奮の中、一成は舌を濡れた裂け目の上にある小さな突起に這わせていった。

同時に日菜子の甘い声が響き、一糸まとわぬ姿となっているグラマラスな肉体がのけぞった。

「あっ、ああっ、舐めちゃいや、あああ、シャワーも、ああん、浴びてない」

自分の股間を舐め回す部下に日菜子は切なく訴える。ただ声はさらに艶めかしくなりこちらに向けられた表情も蕩けている。

「課長の身体で汚い場所なんかないですよ」

普段は恐怖しかない鋭い瞳が不安そうに潤んでこちらを見つめている。

まるで少女のような日菜子に一成はさらに燃えあがり、肉の突起を唇で挟んで強く吸いあげた。

「ひっ、ひあああ、吸っちゃだめっ、ああっ、ひうっ、ああああ」

クリトリスを引き抜くように吸い、さらには舌を使って先端を擦る。

両手を伸ばして日菜子の仰向けの身体の上で揺れている巨乳を摑んで揉みしだき、乳首をこね回した。

「あっ、だめっ、来ちゃう、ああっ、はあぁん、だめっ、くうううん」

ソファーのバネが軋むくらいに身体をのけぞらせた日菜子の身体が、ビクビクと痙攣を起こした。

ムチムチのヒップを浮かせて、白い肌が波を打って引き攣った。

「あっ、あああ、はう、あああっ」

日菜子はそれを何度か繰り返したあと、ぐったりとソファーに身体を投げ出した。

(イッちゃったのか?)

日菜子が女の絶頂を極めたのは火を見るよりあきらかだ。彼女の股間から顔をあげ一成は横たわる彼女を見る。

「もう、やだあ、私、恥ずかしい」

日菜子は再び顔を両手で隠して泣き声をあげる。

(意外と敏感なんだな……それにあらためて見てもエロい身体)

見下ろす日菜子の仰向けの白い身体は、グラマラスという言葉がぴったりで、乳房は彼女の顔よりも大きく、くびれたウエストから優美なラインを描く腰回りもいやらしい。

その上で濡れやすく感じやすいというのか。厳しい女上司のスーツの奥にあった男を狂わせる本性に、一成は息を呑んだ。

「さ、最後までいいですよね課長。もう俺、止まれません」

もう喉もカラカラで、かすれた声で言いながら一成はあっという間に服を脱いで裸になった。

異常な興奮の中で逸物はすでにギンギンの状態で、パンツを脱ぐと同時にバネでもついているかのように飛び出してきた。

「きゃっ」

顔にあてた手指の隙間から、一成の勃起(ぼっき)した肉棒を見た日菜子は、絶句している。

一成の逸物は人よりもかなり大きく、亀頭のエラも張り出していた。

「す、すいません。僕のちょっと大きくて、怖いですか?」

一成と身体の重ねた女性は皆最初は驚きに目を見開く。中でも日菜子はとくに驚いている様子で口を開いたまま呆然としている。

「こ、怖いというか……男の人のをこんな明るい場所で見たことないから」

日菜子は照れたように真っ赤になった顔を横に伏せた。上司としてプライドがまだどこかにあるのか、部下に自分がびびっていると思われたくない様子だ。

「そ、そうですか。じゃあいいですか、課長」

そんな日菜子もまた可愛く思いながら、一成はソファーに乗って彼女の両脚を持ちあげた。

「あっ、やだ、ゆっくり」

でもやはり恐怖心はあるのか、日菜子は裸の身体を少し震わせて訴えてきた。

「もちろんです。いきますよ」

一気に肉棒を押し込みたいという牡の本能を懸命に抑え、一成は亀頭部を彼女の入口にあてがうとゆっくりと腰を押し出した。

「あっ、くうん、あっ、大きい、あっ、うう」

膣口が大きく拡張され血管が浮かんだ肉棒が吸い込まれていく。

日菜子は白い歯を見せてのけぞり、ソファーを懸命に掴んでいる。

「痛いですか？」

息を詰まらせる彼女に一成はさすがに心配になって腰を止めた。

「う、ううん、大きいからびっくりしただけ、ああ……いいの、そのまま来て」

はあはあと荒い呼吸を繰り返しながら、日菜子は懸命に声を振り絞って一成を見つめてきた。

切れ長の美しい瞳に少し涙を浮かべてじっと見つめられると、一成は胸が締めつけられた。

「いきますよ」

彼女ももう覚悟を決めているのだと悟り、一成は自分にゆっくりと言い聞かせながら肉棒を突き出していった。

「あっ、ああああっ、こんなに、ああっ、まだ奥に、は、はあああん」

逸物の長大さに戸惑っている様子の日菜子は、頭を横に振りながら目を彷徨（さまよ）わせている。

ただその声は一気に艶めかしく、そして大きくなっていた。

「もう少しです課長、くううう」

息が荒くなっているのは日菜子だけではない。一成もずっと歯を食いしばって呼吸を弾ませている。

男と女の関係になるなど想像もしなかった女上司に自分の肉棒が入っていく。しかもその中はもうドロドロに濡れていて、肉棒を呼び込むかのような収縮を繰り返しているのだ。

「課長、全部入ります」

最後までゆっくりと挿入するつもりだった一成だったが、もう欲望の暴走を抑えきれず、身体ごと一気に前に突き出した。

「あっ、あああっ、岡野くん、あっ、はあああん」

エラが大きく張り出した巨大な亀頭が膣奥の媚肉を引き裂き、子宮口ごと奥に押しあげる。

ソファーに寝ている日菜子の身体が大きく弓なりになり、巨乳がブルンと波を打って弾んだ。

「ああ、課長の中、すごく熱いです」

もちろん入れただけで収まるはずもなく、一成は本能のままに腰を振りたてていた。

自分でも驚くくらいに気持ちの余裕がなく、初体験のときのように夢中でピストンしていた。

「あっ、ああっ、激しい、ああっ、あああん、はああん」

日菜子は少し戸惑っているようにも見えるが、しっかりと一成を受け止めている。

そして時間を追うごとに声を甘くさせ、悦楽に酔いしれ始めた。

「ああん、深い、あっ、ああ、あああ」

ソファーに爪を立てたり、自分の脚を抱えている一成の腕を握ったりしながら、日菜子は白い歯を見せて喘ぎ続ける。

白い身体もいまは真っ赤に上気し、上体で踊る巨乳にもじっとりと汗が浮かんでいた。

「課長のおっぱいすごくエッチです」

ピストンのリズムからワンテンポ遅れて弾む巨乳に魅入られ、一成は両手を伸ばしてその柔らかい肉を揉みしだいた。

指が強く食い込み、隙間から白い乳肉がもれている。

「ああっ、あああん、そんな、あああん、大きいの、ああっ、気にしてるのに」

腰の動きは止めていないので肉棒は激しく媚肉をかき回している。

快感によがりながら、日菜子はイヤイヤと頭を横に振った。

「エッチなだけじゃなくて、形も綺麗です。もっと自慢していいですよ」

熟女独特のしっとりとした肌の吸いつきが、汗によってさらに強くなっているように感じる。

こんな柔らかくて心地のいい乳房を嫌いになる必要なんかないと、一成はさらに大きく手を動かして揉みしだいた。

「ああっ、そんな、ああっ、自慢なんて、あああん、いや、あああっ」

切なそうに目を開いて、日菜子は自分を見下ろしている一成を見つめてくる。

ただ言葉とは裏腹に、本気で乳房を褒められることを嫌がっているようには思えなかった。

「何カップあるんですか？」

そんな彼女を見て一成は少し調子に乗って聞いてみる。

「あっ、え、Ｈカップ、ああっ、いやだ、ああっ、牛みたいでしょ、恥ずかしい」

ポロリと告白して日菜子ははっとなって目を閉じた。同時に、ただでさえ上気している肌がもっと真っ赤になった。

「う、課長、くうう、すごく締まって、うう」

激しく前後に動く肉棒を包み込んでいる膣肉が、急に狭くなった。

バストのサイズを告白しながら日菜子はさらに肉欲を昂ぶらせたというのか。真面目一筋にしか見えなかった女上司には、まだまだ淫靡な本性が眠っていそうだ。

「ああっ、あああっ、奥だめっ、ああっ、擦れてる、ああっ、はあああん」

膣道が狭くなったぶん、日菜子の快感も強くなったようで、厚めの唇を割り開き声を詰まらせている。

ソファーに仰向けの白い身体が何度ものけぞり、よく引き締まっている腹部がビクビクと震えている。

「俺もたまんないです、うう」

一成のほうも日菜子の熟した媚肉の絡みつきに溺れるように、なにもかも忘れて腰を振り続けていた。

奥へ奥へと肉棒を吸い込むように動く女肉は、最高の快感を与えてくれた。

「ああっ、だめっ、あああっ、私、ああっ、おかしくなる、ああっ、ああ」

先に限界を叫んだのは日菜子だった。開きっぱなしの唇から絶叫を響かせながら乳房を握る一成の手を強く握ってきた。

「イッてください課長。くうう、僕ももう出ます」

彼女の手を握り返しながら、一成も叫んでいた。快感に蕩けている肉棒はいまにも爆発しそうだ。

「ああああっ、ああっ、そのまま、ああ、今日は大丈夫な日だから、ああっ」

だらしなく開いた肉感的な両脚をくねらせ、日菜子はそう告げると一際大きな声をあげてのけぞった。

「は、はいいい、課長の中で、イキますっ、おおおおっ！」

華奢な上体で、巨大な二つの乳房が千切れんばかりに弾ける。

もうブレーキなど完全に壊れている一成は、最後の力を振り絞るように怒張を濡れた膣奥に叩きつけた。

ほんとうに中出ししても大丈夫かとか、考える余裕などなかった。

「あああああ、ああっ、私、ああっ、イッちゃう、はあああん、イク」

握り合っている手に力を込めて、日菜子はうっすらと瞳を開いて一成を見つめながら絶頂を極める。

仰向けの身体が何度も引き攣り、開かれた唇の奥に白い歯とピンクの舌が見えた。

「課長、くううう、俺も、イクっ！」

同時に媚肉も食い締めるように収縮し、肉棒が痺れるような快感に一成も屈した。

怒張が強く脈動し、日菜子の濡れ墜ちた膣奥に向かって精液が放たれる。

「あああっ、熱い、ああああっ、岡野くんの、ああああっ、奥に、ああ、来てる」

エクスタシーの発作に全身をビクビクと痙攣させながら、日菜子は黒髪を振り乱して頭を振り、何度も続く射精に身を委ねている。

切れ長の瞳は目尻が垂れ下がり、日菜子は膣内射精に酔いしれているように見えた。

「ううう、課長、くうぅう、最高です、うう、まだ出ます、ああ」

ずっと畏怖の対象だった美しい女上司を、自らの肉棒と精液で蕩けさせている。

半開きになったままの彼女の厚い唇を見つめながら、一成はさらに心を燃やし亀頭を膣奥に押し込むようにしながら精を放ち続けた。

「ああっ、あああ、出して、あああああん、好きなだけ、ああっ」

日菜子もまた全身で一成を受け止めながら、甘い声をリビングに響かせ続けた。

第二章　露出オナニーに泣く後輩

「山中(やまなか)さん。ここの数字少しおかしくない？」

オフィスの席でパソコンの画面を見ていた日菜子が顔をあげて言った。

「あ、すいません、間違えてました」

営業事務のＯＬが席を立って日菜子の横に行って確認し、頭を下げている。日菜子は気をつけてねと、はっきりとした口調で指導している。

（いままでと、まったく同じだ……）

山中が自席に戻ると、日菜子はまたパソコンの画面に視線を落とした。

黒いロングヘアーを後ろで結び、唇を真一文字に結んだ彼女は、あの日の恥じらいながらよがる美熟女とは別人だった。

「なに？」

今日は書類を作らなければならなくて自席にいる一成は、いつの間にか日菜子のほうを見つめていた。

それに気がついた彼女が顔をあげて聞いてきた。瞳の鋭さは以前と同じだ。

「い、いえ、なんでもありません」

一成は慌ててそう言うと前を向き直した。あの目で睨まれると背筋が寒くなる。

下について以来、厳しく指導されることが多かったので、身体が恐怖を覚え込んでいた。

(なかったことにって……)

あの嵐のようなセックスのあと、一成は日菜子の家にそのまま泊まった。

翌朝、朝ご飯を作ってくれた彼女は一成と向かい合って言った。

『昨日のことは忘れましょう。そのほうがあなたのためだから、いいわね』

いまの上司然とした態度と同じく厳しい口調でそう言われて、一成は頷くしかなかった。

そのあと日菜子はなにもなかったかのように、怖い女上司に戻っていた。

(まあ変態男と関係を持ったとか体面悪いよな……)

プライドの高い日菜子が、会社の部下、それも変態とレッテルを貼られた一成と肉体関係をもったなど、他の社員たちに知られるわけにはいかないのだろう。

ほんとうに日菜子がそんな考えを持っているかはわからないが、入社以来女子社員たちから一定の距離を置かれ続けている一成は、少しひねくれて考えてしまうのだ。

(それにしても……俺も夢中だった……)

あらためて考えると、七歳も年上の上司とセックスするだけでも、自分にとってかなり危ないことなのに、一成は溺れるように中出しまでしてしまった。

(あの日はどうかしていた? いや課長が魅力的すぎるのか……)

悶々とそんなことばかり考え、一成はあまり仕事が手につかない日々を送っていた。


「はあー、また怒られた」

今日は仕事のことで、朝一番から日菜子に説教をくらった。

「なんだか俺にあたりがきつくなってないか?」

あの日から二週間ほど経つが日菜子は変わらず厳しい上司のままでいるどころか、ここのところやけに一成に厳しいように思う。

今回も別に大きなミスをしたとかそういうわけでもないのに、やたらときつく詰められた。

(あの可愛くてエロい課長は別人だったと思うことにするか……)

一人になりたくなった一成は、外回りに出る前に社のビルの屋上に来ていた。

抜けるように広がった青空を見つめて、あれは夢だったのだと思わなければと考えていた。

「どうせ俺は変態の烙印を押された男だし……でも思い出してもエロかったよな」

真面目でお堅い女を絵に描いたような日菜子が、自分なんかに好意を持ってくれるはずがないと思う反面、快感に恥じらいながらよがり泣く女課長の乱れた姿が頭から離れなかった。

「やべっ、勃ってきた」

いまも手に残る日菜子の巨乳の感触を思い出すと、ズボンの中で肉棒が一気に硬化していく。

屋上にはいま自分一人。とくにベンチや喫煙スペースがあるわけではないので、他の社員はほとんど来ないからいいが、ズボンに怒張の形が浮かんだいまの状態では、下にいくと、またなにか変なあだ名を拝借しそうだ。

なにしろ一成のモノはかなり大きいので、ごまかしようがないからだ。

「あ……ああ……だめっ、いやっ、こんな場所で、あっ、はああん」

屋上の端にある鉄柵にもたれながら、しばらく風に吹かれて肉棒が収まるのを待つしかないと考えていると、女の声が聞こえてきた。

「えっ、ええっ、どこから」

一成は慌てて周りを見回す、自社ビルであるこの建物の東側には同じくらいの高さのビルがあるが屋上に人気はない。

南側は道路、西と北にはここよりもかなり低いビルしかなかった。

そのおかげでかなり風景が開けていて、一成はそれが気に入っている。だから周りの建物から声が聞こえているとは考えられなかった。

「だとすればあそこの裏か……」

屋上に出るための出入り口があり、コンクリートの四角い建屋の裏にエアコンの大型室外機などが並んでいる。

いま一成がいる場所から死角になるとすれば、そこしかなかった。

「あっ、だめっ、ああっ、私、ああっ、声が、あっ、あああ」

出入り口の横からそっと回り込むと、いまはエアコンはほとんど動かさない季節なので声がよく聞こえてくる。

（やってるのか？）

もう興味が抑えきれずに一成は壁伝いに裏側に近づいていく。社外の人間がここに入ることはないから、社員同士で行為に及んでいるというのか。

「は、はああん、あっ、ああん」

直角の壁の切れ目の向こう側からの声が、やけにはっきりとしてきた。

顔を出せば見ることが出来るが、それは向こうからも見えるということだ。

(で、でも見たい……)

気づかれたら最後、同じ社内で気まずくなるのはわかっているが、一成はもう我慢出来ず、なるべく目立たないように低くしゃがんで顔半分だけを向こう側に出した。

「あっ、あああ、恥ずかしい、ああ、だめな子になっちゃう」

てっきり二人でセックスをしていると思っていたが、そこにいたのは女一人だった。

ブラウスの前をはだけてブラジャーをずらして乳房を自ら揉み、スカートをまくりあげてパンティの中をかき回している。

(お、大谷さん)

壁際から目だけを出した一成は思わず声を出しそうになって、慌てて唇を噛んだ。

屋上で、それも昼日中からオナニーをする女。それは経理課の女子社員である大谷美優梨だった。

(うっ、嘘だろ、大谷さんが……)

もちろん他の誰がいても驚いただろうが、オナニー女が彼女だったことに、一成はさらに驚愕していた。

美優梨は入社一年目、歳は二十三歳のはずだがその風貌は幼げで、どう見ても高校生にしか見えない。一度髪を三つ編みにしてきたときは、まるで中学生だと言われていた。

(外でオナニーって……信じられない……)

身体も小柄で胸やお尻も小さめの彼女は、瞳が大きくて唇も可愛らしい。さらに性格も大人しめで、男性社員たちの中に嫁にしたいと狙っている者もいると聞く。

そんな彼女が就業中に露出オナニーとは、自分の目で見ながらもあまりに現実味がなかった。

「あっ、あああん、こんなの、いい、あああん」

ただわずか数メートル先でコンクリートの壁にもたれる彼女は、細い下半身を絶えずよじらせ、幼げな顔を歪めてよがり続けている。

日菜子とはまったく別のタイプだが、同じように、人が変わったかのような淫らで艶めかしい表情を見せつけていた。

「あああん、変態の美優梨をもっといじめて、あああん、岡野さあああん」

どんどん感極まっていく美優梨は声を一段大きくしてのけぞる。そんな彼女の口から一成の名前が飛び出した。

「ええっ」

自分の名前を聞いた一成は、驚きのあまり声をあげてしまった。

わずか数メートルの距離にいる美優梨にもそれが聞こえたのか、彼女はビクッとなって手の動きを止めた。

（や、やばい……）

一成は慌てて自分の口を手で塞いで、顔を引っ込めてその場に座った。

（なんで俺の名前をとにかく、逃げよう）

わけがわからないが、この場にいてはいけないと一成は四つん這いになって出入り口に向かおうとする。

「岡野……さん……」

びっくりしすぎてすぐに立ちあがることが出来ずに這っていく一成の後ろから、美優梨が顔を出した。

彼女は慌ててブラウスのボタンを留めながら、一成を見下ろしている。

「な、なにも見なかったから、俺、じゃあ」

とりあえずそんなことを言ってごまかしながら、一成は逃げようとする。

「待ってください、話を聞いてください」

美優梨は四つん這いの一成のベルトを後ろから摑んで引き留めてきた。

「あ……う……うん」

振り返ると彼女の大きな瞳には涙が溢れている。一成はもう頷くしかなかった。


「私……いけないことをする自分に興奮するんです」

屋上の出入り口の裏側、美優梨が元いた場所にあるコンクリートの段差に、二人は並んで腰を下ろしていた。

そこで美優梨は一成にとんでもない告白をしてきた。

「そ、そうなんだ」

お嫁さん候補ナンバーワンと言われる彼女が、変態的な性癖を持っていることに、一成は驚きを隠せないでいた。しかも就業中に露出オナニーをするほどに。

彼女は今日、仕事の都合で昼休みがずれていて、いまなら誰も屋上にいないと思ったらしかった。

「まあ、人それぞれだしな、うん」

一成はなんとか彼女を傷つけずにこの場をやり過ごそうと、通り一遍の返事をした。

いまも美優梨は目を潤ませたままコンクリートが剝き出しの地面を見つめている。変態性癖が皆にばらされないかと心配しているのだろうか。

「俺は誰にも言わないから、絶対に」

もちろんだが一成は美優梨のことを触れ回るつもりなどない。変態呼ばわりされる辛さは自分が一番知っているからだ。

「ありがとうございます。でも私は悪い子です。岡野さんも軽蔑しますよね」

「い、いやっ、そんなことないよ。なにしろほら、俺も変態だって言われてるしね。君はまだ入社して間もないから知らないかもしれないけれど」

少し自虐的に笑った美優梨に対し、一成はそう言った。泣き顔の彼女はたまらなくいじらしい。

そして近い距離で段差に腰を並べて座っているので、甘い匂いも漂ってくる。

（やばい……開いてる）

美優梨は慌てていたのだろう、ブラウスのボタンがまだ三つほど外れたままだ。ブラジャーもホックが外れたままなのか、カップが浮かんでいて、小ぶりな乳房がほとんど覗いて乳首が見えそうだった。

(な、なに考えてんだ、俺は)

ピンク色の乳輪だけがちらりと見えるのがまた、男の情欲を煽りたてる。

こんな状況でも彼女の身体から目が離せず、肉棒に血が集まり始めている自分が情けない。

さっき日菜子の乱れ姿を思い出したときからずっと、肉棒は硬化したままだ。

(ほんとうに女って変貌するんだ)

厳しい女課長の日菜子。そして大人しいロリ系の美優梨。普段は性の香りを感じさせない二人の牝の顔に驚きながら、一成はさらに肉棒を硬くしてしまうのだ。

「あの……岡野さんのことは前に先輩から聞きました」

そんな妄想に浸りきって黙り込んでいると、美優梨がぼそりと呟いた。

「岡野さんは、女性と外でするのが好きなドSの変態だって言われてました」

「へ、へえ、そんな風に言われてるんだ、俺」

なんだか項目が増えているような気がする。ドSと言われるような行為をした覚えは一度もなかった。

「すごいです、岡野さんは自分の性癖をカミングアウトして堂々としてて」

下に顔を向けたまま美優梨はそう言った。

「い、いや、別に自分でそんなこと言ったわけでは……まあ……」

皆の前で一度も変態宣言などした覚えはない。一成はもうため息しか出なかった。

「岡野さん、私、そんな岡野さんに無茶苦茶にされるところを想像しながら、ここでオナニーしてました。悪い子です。どうしようもない変態です」

これでは女子社員に警戒されるのも仕方がないと、さすがに少し落ち込んでいる一成に、美優梨は身体を向け腕を摑んできた。

「こんな私は罰せられるべきなんです。きつい罰を与えてください……」

開いた胸元が覗くのもかまわずに美優梨はコンクリートの床に膝をつき、一成の腕を激しく揺すってきた。

「えっ、ええっ、ば、罰!?」

もうなんのことだかわからない。ただよく見ると先ほどは悲しげに涙ぐんでいた美優梨の瞳がやけに妖しく輝いていた。

(俺のことをドSだと思って責めて欲しいと思っているのか？　Mっ気まであるのか、この子は……)

美優梨は妄想だけでなく、現実に一成に無茶苦茶にされたいと思っているようだ。

見た目はほんとうに高校生のような美優梨の暴走に、一成は引いていた。

「まずは、ここにご奉仕させてください」

もうブレーキが壊れている感じの美優梨は一成の前にあらためて膝をつき、両手を伸ばしてきた。

「えっ、ちょっと、まって」

驚いている間に美優梨の手がズボンのベルトを緩(ゆる)め始める。彼女はさらに一成の両脚の間に身体を入れて、ファスナーをズボンを引っ張った。

「きゃっ」

段差に座った状態から逃げる暇もなく、一成はパンツまで降ろされてしまった。

同時に飛び出してきた肉棒はカチカチの状態で、エラが張り出した亀頭を青空に向かって突き立てていた。

「すごい、この大きいので女性を狂わせるのですね」

一成の巨根を見て一瞬だけ驚いた顔をした美優梨だったが、すぐに手を伸ばしてしごき始めた。

その瞳は妖しく輝き、なんだか息も荒くなっている。

「狂わせるって、そんな、く、くうう、そんな風にしたら」

彼女の中で自分はどれだけの性豪にされているのだろうか。さすがに否定しようと思った一成だったが、亀頭を柔らかい指で擦られて声をあげてしまった。

「すごいです、また大きくなってきた」

大きな瞳をじっと血管が浮かんだ逸物に向けて、美優梨は指を絡ませるようにしごき続ける。

（この子……とんでもないスケベなんじゃ）

肉棒に夢中の様子の美優梨に、一成は唖然となっていた。変態的なだけじゃなくて性欲のほうもかなりな感じで、清純な見た目からはあまりにかけ離れていた。

「おしゃぶりさせていただきますね」

しばらく指で肉棒の硬さを堪能していた感じの美優梨は、小さめの唇を開いてピンクの舌を出した。

その先端を亀頭に持っていき、チロチロと裏筋を舐め始める。

「うっ、くう、こんな場所で、ううう、仕事中に」

いくら周りに高い建物もないとはいえ、青空の下で肉棒を舐められるのはかなりの背徳感がある。

一瞬だけ一成は、変態呼ばわりされるきっかけとなった大学時代のトラウマを思い出すが、すぐに快感にかき消された。

「美優梨はこれがたまらないんです。一成さんと同じように」

一度舌を離した美優梨はじっと一成を見つめて言った。息づかいははあはあと荒く、手は絶えず肉茎をしごいている。

「もう私もみんなに変態と呼ばれてもかまいません」

とんでもないことを口にした美優梨は、唇をこれでもかと開いて亀頭部を包み込んできた。

唾液(だえき)に濡れた口内の粘膜が亀頭のエラに擦れてとてつもない快感が一成の身体を突き抜けていった。

「くうう、それ、ううう」

幼げな顔の彼女が自分の逸物を大胆に飲み込んでいく。その様子を見ていると一成はたまらなく興奮してくる。

(俺もほんとうに変態なんじゃ……)

ずっとそれは否定してきたが、ほんとうは自分も彼女と同じようにアブノーマルな行為に燃える性癖を持っているのではないかと一成は思い始めていた。

「んんんん、んく、んんんん、んんんん」

そのくらい美優梨のフェラチオは甘くて激しい。セミロングの黒髪を大胆に振り乱し、音がするほど激しくしゃぶりあげる。

そしてさらに奥へ奥へと怒張を飲み込んでいくのだ。

「んくう、んんんん、んくううう」

眉を寄せてかなり苦しそうにしているというのに、美優梨は頬を赤く染めながら自分の喉奥をぶつけるように頭を振ってくる。

時折むせかえりそうになっているというのに、瞳はどんどん恍惚に潤んでいく。

(苦しいのも興奮するんだ、この子は……)

喉を塞がれる息苦しさにも性感を燃やすマゾ性を見せる美少女。その姿に一成も欲望を煽られて、手を彼女の身体に伸ばしていく。

自分の両脚の間に跪いている美優梨のブラウスのボタンを外し、緩んだままのブラジャーをずらして乳房を露出させた。

「んんん、んく、んんんん、ふうん」

小ぶりながらも形のいい美乳がポロリと飛び出し、薄ピンクの乳首が顔を出した。

それを両方同時にこね回すと、美優梨は切なそうにスカートの腰をくねらせる。

「んん、くふ、んんんん」

鼻を鳴らしてこちらを見あげた美優梨だが、切なそうに一成を見あげたまま、さらに強く頭を振ってきた。

「くうう、すごいよ、くっ」

彼女の喉奥の柔らかい部分に亀頭のエラがぶつかるたび、強い快感が駆け抜けて、一成は段差に座ったまま脚を震わせて声を漏らしてしまう。

一成の巨根を深く飲み込んでかなり苦しいだろうと思うのだが、彼女はいっさい怯んだ様子も見せない。

(顔が幼いからかえってエロい)

色白で丸顔の美優梨の小さな唇を野太い逸物がこれでもかと割り開き、少し痛々しさすら感じる。

ただそれがなんとも色っぽく、一成は奇妙な心の昂ぶりを覚えるのだ。

(俺ってSっ気なんかあったっけ……)

自分が無自覚だっただけで、実はサディスティックな性癖が眠っているのではないかと一成は思った。

どす黒い肉棒を深くまで飲み込み大きな瞳を潤ませる美少女。それを見下ろしていると、なんとも心がざわつくのだ。

「くうう、いいよ、美優梨ちゃん」

そして快感がさらに強くなり、一成はつい美優梨を下の名で呼んだ。いままで会話をした覚えもないから名字で呼んだことすらないというのに。

「んんん……ぷはっ……ああ……美優梨って呼び捨てにしてください」

失礼だったかと思った一成だったが、美優梨はまったく逆の考えだったようで、肉棒を吐き出したあと少し不満げに唇を尖らせている。

濡れた可愛らしい唇の横に唾液が伝わっているのがまたいやらしい。

「わ、わかったよ。じゃあ美優梨、どうして欲しい？」

セミロングの黒髪を揺らしてこちらをじっと見あげている美優梨の頬を撫でて、一成は言った。

こうなればもう一成もとことんまで付き合ってやろうと開き直っていた。

「ああ、一成さんのお好きなように……この大きいので美優梨にお仕置きして」

こちらはもうMの感情が昂ぶりきっているのか、美優梨は蕩けた顔で答えた。

スカートの下半身はずっとくねっていて、もうたまらないといった風情だ。

「よし、じゃあそこの壁に手をついて」

一成が自分の背中にあるコンクリートの壁を指差すと、美優梨は立ちあがって命令された通りに立ちあがる。

虚ろな目をしたままフラフラと壁際にいき、乳房と同様に小ぶりなお尻を後ろに突き出した。

「いいよ、美優梨」

ブラウスの胸元から可愛らしい乳房を露出した美少女が、おねだりをするように腰を揺らしている。

それが屋上という野外の、鉄の配管が何本も通っている、とうていセックスをするような雰囲気ではない場所にあることに、一成は強いエロチシズムを感じた。

(もう変態男でいいや)

開き直る思いを抱きながら一成は、美優梨の細い腰を後ろに抱き寄せる。

そしてさらに突き出された下半身を包んでいるスカートをまくりあげ、白のパンティを露出させた。

「あっ、ああ……一成さん」

美優梨は子供っぽい体形で、ヒップも小さめだが、そのぶんプリプリと張りがある。

昂ぶりを抑えきれないように揺れる桃尻を一度撫でたあと、一成はパンティを引き下ろした。

「すごい、もうドロドロだよ、美優梨」

パンティが彼女の膝まで下がり、女のすべてが青空の下で晒された。

ビラが小さくて薄いピンク色をした瑞々(みずみず)しい感じの秘裂だが、そこはすでに大量の淫液に溢れかえっていて、太陽の光にヌラヌラと輝いていた。

「すごく濡れてるよ、これならすぐに入れてもよさそうだね」

前戯の必要などないと思えるくらいに美優梨の媚肉は蕩けていて、膣口はすでに口を開き溢れた愛液が糸を引いていた。

「ああぁっ、はい、あぁっ、もう美優梨の身体は、あぁあ、一成さんが欲しいです」

壁に手をついて腰を九十度に曲げている美少女は、息を荒くしてそう言った。

瞳はもう完全に蕩けていて、片時も我慢出来ないという風に剥き卵のような桃尻を揺らしている。

「いくぞ、美優梨」

「あ、あん」

亀頭の先端を膣口に押し当てると、それだけで美優梨は切羽詰まったような声をあげた。

こんな小さな身体に一成の巨根がほんとうに入るのかという思いもあるが、媚肉が歓迎するかのように食い締めてくる。

「ああっ、熱い、一成さんの、ああっ、あっ」

さらに腰を前に出すと膣口が驚くほどの拡張を見せ、怒張を飲み込んでいく。

「熱いのは美優梨の中だ。もうドロドロじゃないか」

信じられないくらいの愛液に溢れている膣道はかなり狭く、少しざらついた女肉が強く締めあげてくる。

その力と粘液の滑りがなんとも心地よく、一成は腰を震わせながら挿入していく。

「一成さんに責めて欲しくてたまらなかったの、ああ、美優梨はだめな子です」

美優梨の声もどんどん大きくなっていく。彼女は自分を貶(おとし)めることでさらに興奮を深めている様子だ。

「よし、そんなに欲しいんなら一気にいくぞ」

美少女顔を蕩けさせてこちらを向いた美優梨に煽られるように、一成は張りの強い彼女の尻肉を強く摑んだ。

そして一気に肉棒を膣奥に向かって突き立てた。

「あああっ、ああん、ふ、深い、あっ、あああ」

小さな身体に巨根をすべて押し込まれても、美優梨は苦しむ様子は見せずに歓喜の声をあげている。

立ちバックの体勢の身体がブルッと震え、パンティが膝にある白い二本の脚が内股気味によじれている。

「ああっ、すごいですう、ああっ、美優梨の中がいっぱい」

コンクリートの壁を摑むように指を立てた美優梨は、少し心配になるくらいの大声で喘いでいる。

彼女の凄まじい燃えあがりに煽られ、一成は大きく腰を動かし始めた。

「あっ、ああっ、はあああん、いい、あああっ、すごいです、あああ」

肉棒が大きく前後し、一成の下半身が彼女の尻肉にぶつかって小気味いい音が響く。

太い肉竿が痛々しいくらいに開いた膣口をこれでもかと出入りしている。

「すごく締めてくるよ、美優梨」

愛液にまみれきった媚肉が亀頭のエラや裏筋に強く絡みついてくる。吸いつく感じだった日菜子の女肉とは違い、こちらは強く食い締められる感覚だ。

(しかし見た目も性格も大人しいのに、すごい貪欲に……)

普段の美優梨とは、同じ社内とはいえほとんど交流がないので、大人しそうな新入社員というイメージしかない。

そんな彼女の媚肉が、少しでも自分の肉棒を味わおうと締めあげている。

「おおお、美優梨、もっと強くするぞ、くうう」

それがなんとも男の情欲をかきたて、一成も声をあげながら怒張を叩きつける。

「あああん、一成さん、ああん、もっと突いて、あああ、狂わせてええ」

はだけたブラウスの間で張りのある美乳を揺らして、美優梨は可愛らしい唇から甘い声を漏らし続けている。

剝き出しの丸尻は一成の股間がぶつかるたびに大きく波を打ち、怒張が出入りする媚肉はこれでもかと口を開いて愛液を垂れ流していた。

「美優梨はほんとうにエッチな子だ。会社でこんなに感じて」

目の前で揺れる真っ白な尻たぶを軽く叩きながら、一成は言った。

彼女のマゾッぷりに煽られ、普段は絶対に言わない女性を蔑むような言葉を自然と口にしていた。

「はあああん、そうです、ああっ、美優梨は悪い子です。ああ、もっと強くぶってください」

軽くヒップを叩く一成に、美優梨は壁に手を置きながら上半身を捻って訴えてきた。

その声はやけに甘く、大きな瞳はすがるようないじらしさを見せている。

「こう」

強くと言われても加減がわからないので、一成は軽く彼女のヒップを平手打ちした。

パンという乾いた音が青空が開けた屋上にこだました。

「ああ、もっと強くてもかまいません、あああん、お仕置きなんですから、あああっ、エッチな女に罰を下さい、あああああ」

強く叩きすぎたかとも思った一成だったが、美優梨はそれでもまったく満足していないようだ。

「よ、よし」

彼女はどこまでマゾなのだと、一成も腹を括り、強めの平手打ちを繰り返した。

「あああっ、ひっ、ひあああん、ああっ、いい、ああっ、あああ」

白い桃尻が真っ赤になるくらいに打ち据え、同時に肉棒をこれでもかと膣口に叩きつける。

小さな彼女にこんな無茶をと思うが、美優梨のほうは歓喜とともにすべてを受け止めていた。

「あああん、美優梨、あああん、幸せです、ああっ、一成さんに責められて、ああっ、あああん、たまらないですう」

こちらに顔を向けてそう叫んだ美優梨の顔は頬は赤く上気し、瞳はねっとりと妖しい光を放っている。

半開きの唇の横からはヨダレまで滴(したた)っていて、もう皆が憧れる美少女の面影は完全に消えていた。

「くう、俺も気持ちいいよ、叩くたびに美優梨のアソコが締めてきて……出ちゃいそうだ」

強い反応を見せる美優梨の肉体は痛みを感じるたびに、下半身をブルッと震わせ、同時に媚肉がギュッと収縮する。

その中をピストンしているのだから、一成の肉棒ももうイク寸前といった感じだ。

「あああっ、あああん、美優梨ももう、ああっ、イキそうです、あああっ」

美優梨のほうも感極まった声をあげ、立ちバックの身体をのけぞらせた。

「イッていいよ、美優梨、おおおおお」

さらに強く腰を振りながら一成は平手打ちを続ける。もう美優梨の小ぶりなヒップは真っ赤で痛々しささえ感じる。

「あああっ、いい、痛くて、ああっ、気持ちよくて、あああっ、美優梨、もうわけがわからない」

美優梨のほうはまさに悦楽に浸りきり、小さな唇を割り開き瞳を泳がせてよがり泣いている。

「ああっ、イク、美優梨、もうイク、くう、イクうううう」

コンクリートの壁に爪を立てながら、美優梨は腰を曲げた身体を痙攣させて女の極みにのぼりつめた。

開いたブラウスの胸元で美乳が波打ち、剥き出しの白い脚がブルブルと波打った。

「くうう、俺もイク、うっ」

彼女がイッた瞬間に媚肉がさらに強く締めてきて、一成も限界を迎えた。

最後の力を振り絞り、怒張を膣口から引き抜いて射精する。

「ううっ、くうううう」

亀頭が抜け落ちるのと同時に精液が迸り、手形がついた彼女のヒップに降り注ぐ。

白い粘液が大量に桃尻や太腿の裏にまとわりつき、ねっとりと糸を引いた。

「ああ……あああん、一成さん、ああっ、中で出してくれてもよかったのに、ああ」

美優梨はビクビクとスカートが腰までまくれあがった下半身をヒクつかせながら、切なげな顔を後ろに向けた。

半開きの唇から甘い息を漏らし大きな瞳を妖しく潤ませる姿は、なんとも淫靡だ。

「美優梨ちゃん」

もう少女の殻を完全に脱ぎ捨てて淫婦と化した美優梨に、一成はあらためて息を呑んだ。

牡を吸い寄せるような淫気を小柄な身体全体からまき散らしていて、お尻からは精液を、秘裂からは愛液を垂れ流している彼女に見とれていた。

（う……チ×チンが小さくならねえ……はっ）

自分の肉棒がもう一回彼女を犯したがっていると自覚したそのとき、胸のポケットに入っているスマホが強く振動した。

『ちょっと、駐車場に車があるんだけど、どこにいるのかな？』

慌てて出ると、日菜子の声が聞こえてきた。あきらかに怒気を含んでいる。

ＭＭ社の社用車は地下駐車場に置かれていて、誰が使うかも申請されているので、一成がいないのに車だけが残っているのはおかしいのだ。

「は、はいいい、ちょっとトイレに行ってまして、はい、いま出るところです」

おそらく日菜子は自分も営業に出ようと地下駐車場に行ったところで、一成が乗っていったはずの車があるので電話してきたのだ。

あきらかに怒っている女上司に背筋を伸ばす一成の前で、美優梨がへなへなとコンクリートの床に崩れ落ちた。

第三章　ムチムチ美熟課長の誘惑

相変わらず些細(ささい)なことで日菜子から説教をちょうだいする日々を一成は送っていた。

「はあー」

今日も終業前に怒られたあと、社内にあるトレーニングジムで一人ため息をついていた。

(したことでかえって嫌われてるのか？　俺と寝たのは課長にとって人生の汚点なのかも……)

変態の烙印を押されている一成がジムに現れると、女子社員が急に服を着たりするので、あまり人がいない時間に利用している。

今日も遅めの時間に来たので、ジム内にいるのは一成だけだ。

お金を払ってどこかのジムの行くという手もあるのだが、社員が特定のジムにお金を落とすというのはよろしくないという会社の方針だ。

だが扱っている商品がトレーニングする人間向けの食品なので、たるんだ身体をしているわけにもいかず、結局、居づらくてもここでトレーニングするしかないのだ。

「はああ……俺がなにしたってんだよ」

一成はいまトレーニングを終えて、ストレッチ用のマットの上で身体を伸ばしている。

一息つくと思い出すのは、日菜子のあの柔らかい身体の感触だ。

あの一夜のことを日菜子は記憶から消したいのだろうか。ただ一成のほうは、どれだけきつくあたられても、ずっと彼女が気になってしまう。

(好きになっても……向こうからしたら迷惑な話か……)

もともと自分とはつり合いが取れないいくらいの女性だし、真面目な性格の彼女が変態と呼ばれている一成に本気になってくれるなどありえないのだ。

「それに変態も否定出来なくなっちゃったしな」

流されるがままに就業時間中に同僚社員と、それも社屋の屋上でセックスをしてしまった。

これはもう、いよいよ言い訳も出来なくなってきたと一成は思うのだ。

「いやー、本社に来るのは久しぶりだから、ジムも変わってるのかな」

ストレッチ用のスペースの近くにある、出入り口のドアの向こうから女性の声がしてきた。

ここで女性の声を聞いただけで一成は少し緊張してしまう。

「そうですね、去年、マシンの入れ替えがありましたしね」

続けて聞いた覚えがある少し高めの声が聞こえてきたあと、ドアが開いた。

「あ、どうもこんばんは」

入って来たのは美優梨だった。今日は少しフレアなロングスカートに薄いピンクのブラウス姿だ。

「こんばんは」

目が合った瞬間、お互いに照れ合ってしまい一成も瞳を伏せた。実はあのとき美優梨とは連絡先も交換していないので、以後、一度も会話がない。

会社で顔を合わせてもいまのように恥じらう感じで、この子がほんとうに自ら露出オナニーまでするような女なのかと、自分の記憶を疑いたくなるくらいだ。

「おっ、おお、久しぶり。変態くんじゃん」

続けてもう一人、パンツルックの女性が現れた。入ってくるなりその女は一成を指差して大声をあげた。

「げっ、杉河先輩」

その姿を見たとたん、一成は顔をしかめていた。彼女は杉河美香といい、一成と同じ大学の一年先輩だ。

そしてあの一成が変態だと呼ばれるきっかけとなった、サークル合宿での行為の目撃者の一人だ。

「ちゃんと鍛えてるんだ、偉いじゃん」

姉御肌で明るい性格の彼女は、大学のときから後輩のことは皆、下の名前で呼んでいる。

座ってストレッチをしている一成の隣に来ると、昔と同じように肩を抱いてきた。

「今度本社に戻ってくることになったんだ、よろしくね。まだ変態って呼ばれ続けてんの、あんた」

ゲラゲラと笑いながら、美香はTシャツ姿の一成の背中をバンバン叩いてきた。

「いてて、いったい誰のせいで変態呼ばわりされてると思ってるんですか」

入社式には基本的に本社の社員は全員参加するので、当時は支店に転勤になる前だった美香もいた。

思ったことをすぐに口に出す彼女は、一成を見るなり変態と言ったのだった。

「はは、ごめんねえ、でも元気にやってるんなら、それでいいじゃん」

「いろいろと苦労してるんですよ、そのことで」

豪快な性格というか細かいことを気にしない美香は、男女の関係無しに後輩には慕(した)われていた。

一成もまたこんな目に遭(あ)わされていても彼女を憎めずにいた。

(喋(しゃべ)らなければほんといい女なんだけどな)

美香は瞳が大きくて鼻が高く人目を引く美人だ。スタイルのほうもすらりとした長身なのに乳房は大学時代から大きめで、男たちは皆、あの性格じゃなければとよく話していた。

「だって事実じゃん、変態は」

元彼女の言葉を一成は否定しなかったので、美香はそんな性癖の持ち主だと思ったままだ。

「べ、別に、俺は……」

変態じゃないと一成は言いかけるが、言葉を飲み込んだ。なにしろいま目の前に、屋上でセックスをした美優梨が立っているのだ。

「まあ、経理部に再度配属になったから、よろしくね」

「えっ、そ、そうなんですか」

よりにもよって美優梨と同じ部署かと一成は頭痛がしてきた。屋上でのことが美香に伝わったりしたら、とんでもないことになりそうだ。

「そろそろ行きましょうか杉河さん。ロッカーの鍵を渡さないと」

呆然となる一成と、その隣にしゃがんでいる美香に、美優梨が困ったように声をかけてきた。

「あ、ごめんね。じゃあ行くわ、またね」

美香は一成の背中を強めに叩いて、立ちあがった。

「いっ、いてえ」

その一撃がけっこう強くて、一成は大声をあげてしまった。

「では失礼します。岡野さん」

そんな一成に美優梨は一礼して去っていく。ただこちらを見たときの彼女の瞳の色が一変し、なんとも淫靡な光を放っていた。

「あ、お疲れ様」

無難(ぶなん)にそう答えながらも、一成は痛みとは別の理由で声をうわずらせていた。

美優梨と美香が同じ職場になる。もう一成は生きた心地がしなかった。

（どうするかね……といってもどうにもならないか……）

午前中に得意先を何件か回り、お昼に帰社すると、美優梨と美香が仲良く連れ立ってランチに行くところに遭遇した。

一成も一緒にどうかと誘われたが、そんなの行けるはずがない。なにしろ美優梨の口から、屋上での行為が美香に伝わるのではないかと、ドキドキしているのだ。

（そんなことになったら終わりだな……）

それが噂になって広まったりしたら、とんでもないことになる。一成はここの仕事は好きだし、それに父親の知り合いの紹介で面接を受けているから、簡単に辞めるというわけにもいかないのだ。

「今度こそ課長に軽蔑されるだろうしな」

相変わらず日菜子にはきつくあたられている一成だが、そのおかげもあってか日に日に営業成績は向上していた。

怒られるのは辛いし恥ずかしいのだが、一成は妙に日菜子のことを意識してしまう。身体の話でない、もう一度、彼女の笑顔を見たい。そんな気持ちにさせられるのだ。

（でも好きになったところで）

真面目な日菜子が変態の自分を想ってくれるはずがないが、それでも感情に抑えがきかなかった。

「はあ……」

なんだか食欲も湧かず、ロッカーに買い置きしてあったカップラーメンを手にして、一成は給湯室に向かっていた。

ロッカールームを出たところにある階段をのぼった上階に給湯室があるので、一成はエレベーターは使わずに歩いていく。

「うん、最初はそのくらいの数字でいいと思う。あまり大きく出ても断られたら一緒だから」

踊り場を曲がって上階を見あげたとき、あがったところで一人の女性がスマホを手にして話していた。

(うっ、市崎課長……)

廊下からは死角になる場所で壁にもたれてなにやら指示をしているのは、営業部の別の課の課長である市崎綾乃だ。

綾乃は日菜子と同期の三十二歳。同じように若くして実力を認められて課長になったやり手だ。

見た目のほうもかなり美しく、若干小柄な身体はムチムチとしてグラマラスな上に、少し垂れ目の瞳、厚めの唇の横に小さなホクロがある。女の色気を凝縮したような美熟女だ。

（でもうちの課長とは違う意味で、ちょっと怖い人なんだよな……）

真面目一本という日菜子とは違って、綾乃は上昇志向が強くけっこう策略家の一面もあるらしい。

怒鳴ったりするわけではないのに課員たちは常に顔色をうかがっていて、変な言い訳をしてもすぐに見透かされるとこぼしていたことがあった。

「うん、しっかりやってね。最初が大事だから」

そんな話を聞いているから、一成も彼女にはびびっている。新規開拓の店の話をしているのだろうか、一成はその横を軽く会釈して通り過ぎようとした。

「あら岡野くんじゃない」

白のブラウスの胸元や、タイト気味のスカートの腰まわりが、はち切れそうに張っている綾乃の前に出たとき、ちょうど電話が終わって声をかけられた。

「お疲れ様です、課長」

彼女は小柄なので一成を見あげる形になるのだが、二重の大きな瞳がなんとも色っぽい。

ただ唇に浮かんだ意味ありげな微笑みが怖かった。

「岡野くん、最近成績いいみたいじゃない、すごいわねえ」

過ぎ去ろうとする一成の腕を掴んで綾乃は階段の手前まで引き戻した。

廊下からは見えない薄暗い場所で、今度は一成が壁を背にし、それに綾乃が向かい合う体勢になった。

「なにか秘密でもあるのかしら、できれば教えて欲しいな」

ニコニコと笑ってはいるが目はいっさい笑っていない。上昇志向が強い彼女は他課の社員が急に売上げを伸ばしているのが気になる様子だ。

「う、うちの課長のご指導のおかげですよ。はい」

癒やし系の見た目に反して、押しの強い綾乃に一成はタジタジだ。気が強いのは日菜子も同様だが、その性質は正反対のように思える。

「へえ、そういえば日菜子によく怒られてるわよね。というかあれパワハラじゃないのかな？」

同期入社の日菜子と綾乃は互いのことを下の名前で呼び合ってはいるが、友達というより完全にライバルだ。その上ほぼ同時に課長昇進となれば綾乃の性格からして気になるのは仕方がないのかもしれない。

「い、いえ、いつも真剣に仕事のことを一緒に考えてもらって、感謝してますです」

まさか一度セックスをしてからギクシャクしてるなどと言えるはずもなく、一成はしどろもどろになりながら、瞳を逸らした。

「へえ、なんか変な感じね。あなた日菜子となにかあったの？」

一成の態度がおかしいと思ったのか、綾乃は壁にもたれる一成の前にぐっと身体を乗り出してきた。

カールのかかった長い黒髪から甘い香りが漂い、少し息があたった。

「ネクタイ、曲がってるわよ。ふふふ」

彼女は白い手を伸ばすと一成のネクタイを少し強めに締めてきた。

ちゃんと話さないと絞めあげると脅迫されている気がする。

「なにかって、なんのことですか？」

「それはわからないけどね。私には……うふふ」

これがなにもかも見透かすという意味なのか。一成はどうしようかと慌てふためいていた。

そのときどこからか焦げ臭い香りが漂ってきた。

「あれっ、なんか臭くないですか？」

「なんの話？　私、香水はつけてないわよ。あっ」

一成が変なことを言ってごまかそうとしていると思ったのか、ちょっと怒った顔になった綾乃だったが、すぐになにかに気がついたように駆け出した。

「きゃあああああ」

なにかとんでもないことがと思って一成があとをついていくと、給湯室を覗き込んだ綾乃が悲鳴をあげた。

コンロでヤカンがかけっぱなしになっていて、すでに火の手があがっていた。

「うわっ、下がって課長」

給湯室の前で呆然となっている綾乃を引き戻すと同時に、ビル内に非常ベルが鳴り響いた。

「消火器っ」

さっき綾乃に迫られていた場所のそばに消火器があるのを一成は思い出した。

防災訓練のときに消火器の場所は確認していて、給湯室はガスがあるのでそばに置いていると教えられていた。

「ええっと」

パニックになる中で必死で安全ピンを引き抜き、給湯室の中に向かって噴射する。

あたりは白い消火剤の煙があがり、一成はそれを吸って咳き込んだ。

「き、消えたのか？」

夢中で一本すべてを放出してしばらく経つと、煙が晴れていった。

そこには黒焦げになったヤカンがあり、どうにか火は消えていた。

「どうした、ガスは切れてるのか」

「他の部屋のドアと窓も開けろ」

大勢の社員たちも駆けつけてきて、ガスの元栓を閉めたり換気をし始める。

「はああ、よかった……」

そこでようやく一息ついて一成は息を吐いた。

「どうしよう、私……こんな……」

火事を起こしてしまったショックのあまりか、綾乃はへなへなとその場にへたり込んでしまった。

「なんだこれ、誰のだ」

そんな綾乃を見つめていると男性社員の一人が、廊下に転がっていたカップラーメンを手に取った。

それは一成が食べようと持ってきた物だ。

「ぼ、僕のです。すいません」

そう言った瞬間、お前が火元かという視線が一成に集中した。

カップラーメンを食べようとしていた一成はヤカンをかけっぱなしにしていたのだと皆、思っている様子だ。

「す、すいません」

一成はちらりと綾乃を見てから、皆に向かって頭を下げた。プライドが高い彼女が火事など起こしてしまったとなれば、ダメージが大きいだろう。

どうせ自分は変態男だしと、一成はすべてを被(かぶ)ることにしたのだ。

「岡野、ちょっと来い」

「は、はい……」

やってきた部長に言われ、一成は素直にあとをついていった。

「あーあ、もう一生ぶん怒られた気がするよ」

幸い燃えたのがヤカンだけだったので、いちおう、厳重注意ということで勘弁(かんべん)してもらえたが、お偉い方々のお説教のあと、さらに日菜子にたっぷりと絞られた。

最近、少し成績がいいから油断しすぎだと言われたが、最後にあなたにケガがなくてよかったと、ほっとしたような顔を彼女が見せた。

「あれはなんだったんだろう」

これまた見たことがない鬼上司の態度に、一成は困惑していた。

午後は説教地獄となったおかげで、へとへとだ。その上、昼ご飯も食べていない。どこかでやけ酒でもするかと思いながら社を出ると、そこで綾乃が待っていた。

「岡野君、なんで私を庇(かば)ったの？」

服装は昼間と同じブラウスにタイトスカート姿だが、少し怖い目をした綾乃が詰め寄ってきた。

社員は誰も居合わせてはいないが、通行人がなにごとかとチラ見している。

「い、いえ、まあ僕はどうせ変態だと烙印を押されている者ですし、火事もたいしたことなかったからクビにならなきゃいいかなって」

火事の現場から一成が連れて行かれるときに、綾乃が立ちあがってなにか言おうとしたが、一成は目で合図をしてやめさせた。

それがかえって綾乃のプライドを傷つけたかもしれないとは思っていた。

「馬鹿ね、ほんとうに」

怒られるかと思っていたが、綾乃は少し笑って一成のネクタイを昼間と同じように掴んできた。

ただ首を絞めようとはしてこなかった。

(ほんと色っぽい……)

少し垂れ目の瞳はまつげが長く、鼻もすっきりとしている。少しふっくらした頬に笑うとえくぼが出来、色気だけでなく可愛らしさもあった。

「じゃあご飯行こうか、お寿司でいい？」

綾乃は一成のネクタイから手を離すと、歩きだす。

「えっ？」

「お世話になりっぱなしで終わるわけにいかないわよ。ついてきなさい」

「は、はい」

笑顔でそう言って歩きだした綾乃に一成は慌ててついていった。


「市崎課長、ほんとにこんなに高いところ、よかったんですか？」

綾乃に連れて行かれたのは、見るからに高級そうな寿司屋だった。

値段が書いていないその寿司屋で、綾乃はこれもあれも食べろと言って、一成にご馳走してくれた。

「いいわよ、このくらい。男を見せてくれた後輩にご褒美（ほうび）」

一成も酒を呑んだが、綾乃はそれ以上に呑んでいて顔が少し赤い。ただ、酒豪だという噂を聞いたことがあるが、日菜子のように態度が変わったりする様子は見られなかった。

店を出たあとも、しっかりとした足どりで夜の街を歩いて行く。

「ご、ごちそうさまです」

綾乃とちゃんと話すのは初めてだったが、日菜子と新入社員の時代に喧嘩したことや、実はバツイチだという話などいろいろと聞かせてくれた。

こんな美人で優秀な女性でも結婚がうまくいかないこともあるのかと一成が思っていると、少し寂（さび）しげに私も日菜子も気が強すぎるからと呟いた。

(うちの課長にしても、市崎さんにしても普段は一人の女性なんだよな)

会社ではやり手の仕事の鬼でも、家に帰れば普通の生活があって、そこでは他の女性とそう変わらないのかもしれない。

一成は小柄な彼女の背中を見ながら、自分なんかよりずっと背負っているものもあるのだろうとおもんぱかった。

「お寿司食べて終わりじゃないよね。こっち」

少しはお酒が回っているのか、上機嫌な綾乃は一成の腕に自分の腕を回して引っ張っていく。

「ちょ、どこへ……僕もう、そんなに呑めませんよ」

一成はそれほど酒が強いほうではない。あまりに呑みすぎたらすぐに眠くなってしまうタイプだ。

「お酒じゃないよ、そこの角を右に曲がったところ」

綾乃はギュッと一成の腕にしがみつきながら歩いていく。

彼女のブラウスだけの胸元が一成の二の腕に強く押しつけられてきた。

(う、おっぱいが……)

トランジスタグラマーという言葉がぴったりの綾乃の胸は、ブラジャー越しにもはっきりとわかるくらいにボリュームがあって柔らかい。

その柔肉がぐにゃりと押しつぶされる感触がなんとも心地よかった。

「ほら、そこ」

「えっ、はえ?」

大通りから路地を抜けた薄暗い通りに出ると、ネオンの看板がある建物があった。

一軒だけポツンと建っているそこは、どう見てもラブホテルだった。

「お礼の第二弾ってとこかな」

綾乃は少しいたずらっぽく笑うとさらに強く一成の腕を抱きしめてきた。

その垂れ目の瞳が少し潤んでいて、熟した女の色香を見せていた。

「私みたいな、三十過ぎの女には興味ないかな、一成くんは」

いきなり下の名前でそう言われて一成はドキリとした。少し低めの声が男の心をかき乱す。

「と、とんでもない、市崎課長が魅力がないなんて、むしろありすぎるくらいです」

完全に混乱している一成は反射的に本音を口走っていた。そのくらい綾乃は全身からムンムンと牝のフェロモンをまき散らしている。

「ふふ、じゃあいいよね」

この美熟女は意識して男の欲望を煽っているのだろうか、一成を見て淫靡な笑みを浮かべたあと、身体を密着させたままホテルの入口へと向かった。

「え、いや、その」

もう顔が焼けるように熱く、股間の愚息も硬くなり始めている一成は、戸惑いながらも引きずられるようにドアをくぐった。

「とんでもないことになったぞ」

彼女の甘い誘惑に頭が真っ白になってそのまま中に入った一成は、最上階にある一室の風呂に入っていた。

部屋の外に壁に囲まれたテラスがあり、室内にあるお風呂とは別に、人工芝の上に木の浴槽の露天風呂があった。

綾乃に先にと勧められた一成は、いちおう腰にタオルを巻いてそこに入っていた。

上は吹き抜けで、冷たい夜風が頬にあたるのが気持ちいいのだが、そんなことを考えている場合ではない。

(自分の会社の課長二人と……それもライバル同士だぞ)

はっきりとライバル視している綾乃と違い、日菜子のほうは言葉や態度には出さないが、それでも意識しているというのは、課員たち皆がわかっている。

営業課は全部で五つあり、通販サイトや、プロ、実業団のスポーツチームを担当している課もある。その中でフィットネスジムを取引相手にしているのは、日菜子と綾乃の二つの課だけだ。

(その二人とするって……とんでもないことになるんじゃ……)

上層部はそれを狙ってなのかも知れないが、女課長二人だけでなく課員たちも水面下では負けないと思ってやっている。

その二人と関係を持ったことがばれたりしたら、どんな吊しあげにあうか、想像も出来なかった。

「お待たせ」

部屋と露天風呂の境目にあるサッシが開いて綾乃が現れた。

「うっ」

彼女は黒髪をアップにまとめ、身体には白いバスタオルを巻いている。

肝心な部分はなんとか隠せているが、白い肩は露出し巨乳の谷間がはっきりと浮かんでいた。

（あっ、脚もエロい……）

わずか数秒前まで逃げ出したほうがいいのかとさえ思っていた一成だったが、綾乃のムチムチとした肉体に目が釘付けだ。

とくにバスタオルの裾から伸びた艶々とした肌の白い太腿やふくらはぎが、たまらなく艶めかしかった。

「となりいい？」

シャワーを浴びて濡れた肌の綾乃が露天風呂の湯船の中に入ってきた。二人は肩を寄せ合うようにして並んで湯に浸かる。

「ねえ、ひとつ聞いていい？」

前に顔を向けて一成のほうを見ないまま、綾乃は呟いた。

「は、はい、なんでも」

かたや一成のほうは隣に座る美熟女の、バスタオルからはみ出た上乳に魅入られていた。

ライトに照らされた湯の中に、白い肌に静脈が浮かんだ肉房が谷間を見せつけながら盛りあがっているのだ。

「さっきと同じ質問だけど、私を庇おうと思ったのはどうして？　仕事馬鹿の女が立場を失ったら可哀想だと思った？」

綾乃は隣に座る一成の肩に自分の顎を乗せて、垂れ目の瞳でじっと見つめてきた。

その妖しげな光に一成は頭がクラクラしてくる。

「あの状況でそんなことまで考える余裕ないですよ。ただ市崎課長を守りたいかなって、僕みたいなダメ社員が課長に向かってそんなこと言うのは変ですけど」

これは嘘ではなく、呆然となっている女性を庇いたいという思いだけで一成はすべての責任を被ったのだ。

もしかすると、それが綾乃や日菜子でなくてもそうしたかもしれなかった。

「素敵よ一成くん、好きになっちゃうかも」

「えっ」

少し腰を浮かせ耳元で囁いてきた綾乃の言葉に、一成はドキリとした。

「だって私に言い寄ってくる社内の男なんか、やり手の女を落としてやろうとかそんな下衆な男ばかりだったもの。一人の女として助けようとしてくれて嬉しい」

色っぽい瞳を細めた綾乃は一成の頬に軽くキスをした。厚い唇がなんとも柔らかい。

「市崎課長……」

怖いように見えてもやはり一人の女性なのだ。そう思うと一成も綾乃のことが愛おしくてたまらない。

「課長なんて呼ばないで、一成くん」

「は、はい、綾乃さん」

そう言って首に腕を回してきた綾乃は膝立ちになっている。濡れたバスタオルが胸に密着して乳首のボッチが浮かんでいる彼女の身体を抱き寄せて唇を重ねた。

「んん……んんんん……」

二人はどちらからともなく舌を差し入れ激しく絡み合わせる。互いの唾液を混ぜ合わせるようにねっとりと。

「んんく……エッチなキス」

そして唇が離れると、綾乃は垂れ目の瞳をさらにトロンとさせて照れ笑いした。

彼女の色香がさらにあがり、一成は一気に肉棒を硬くした。

「今日は私がお礼をするんだから……。ねえ、ここに座って」

甘えた声でそう言った綾乃は、一成の手を取って浴槽の縁に座らせた。自分は湯の中に膝をつき、一成の両脚の間にそのグラマラスな身体を入れてくる。

「えっ、あ、綾乃さん」

一成はもうされるがままに身を任せている。色っぽい垂れ目の瞳で見あげられると、動悸が強くなり、なにかを考える力がなくなっていた。

「じっとしててね」

バスタオルに包まれた小柄な身体を一成の両膝の間で膝立ちにした綾乃は、白い指を伸ばしてくる。

一成の腰に巻いたタオルの結び目をゆっくりと外して剝ぎ取った。

「あらっ」

タオルの下から現れたすでに半勃ち状態の肉棒を見て、綾乃は目を丸くして口を手で塞いだ。

「す、すいません、僕、こんな感じで」

いつもと同じ巨根に驚く女性に一成のほうももう馴れている。頭を下げる一成に綾乃はすぐに驚いていた顔を笑顔に戻し肉棒を握ってきた。

「どうして謝るの、立派じゃない。あらまだ少し柔らかいわね、これでもまだ全部勃起してないのかな、君のは」

綾乃は興味津々な感じで一成の肉棒をしごき始めた。

しっとりとした指が、亀頭のエラや裏筋のあたりを優しく擦りあげてきた。

「は、はい、そうです。くう、綾乃さん、ううっ、そんな風に」

さすがに元人妻といおうか、男のポイントを心得た綾乃のしごきに一成は無意識に腰をくねらせる。

肉棒のほうも見事な反応を見せていて、すぐにガチガチの状態になった。

「あらあら、すごいわねえ、まだ大きくなるんだ」

三十二歳の美熟女は完全に硬化してそそり立った巨根を見ても、興味津々な感じで瞳をじっと向けている。

このあたりは同じ歳のライバルの日菜子とはまるで違う反応だ。

「ふふ、お味のほうはどうかな？」

さっそく快感で顔を歪めている他部署の部下をエッチな目で見つめたあと、綾乃はピンクの舌を出してチロチロと舐め始めた。

「くうう、綾乃さん、そんなことまで、うう、くうう」

綾乃は亀頭の裏筋のあたりを舐めたあと、先端部にある尿道口を巧みに刺激してくる。

むず痒いような快感が駆け抜け、一成は浴槽の縁に腰掛けた身体を震わせた。

「可愛い顔ね、うふふ」

喘ぐ一成を楽しげに見あげながら、綾乃は激しく舌を動かし、亀頭の先端を舐め続ける。

綾乃は責め好きなところがあるのか、実に楽しげだ。

「あうっ、くうう、すごいです、うう」

一成もそんな彼女に身を任せて快感に浸っていた。年上の女性に翻弄（ほんろう）される自分がなんとも心地いい。

「もっと気持ちよくなって一成くん、んんん、んふ」

バスタオルの身体をさらに乗り出した綾乃は、その厚めの色っぽい唇を開いて肉棒を飲み込んできた。

小柄な彼女が一成の巨根を口内に誘う姿は多少痛々しげにも見えるが、怯むような様子も見せずに頭を下ろしてくる。

「はうう、綾乃さん、んん、熱い」

彼女の口内は唾液に濡れていて、温かい粘膜がねっとりと包み込んできていた。

甘く絡みつくような頬の裏側に、一成はまた声をあげて両脚をよじらせた。

「んん、んく、んんんん、んんん」

そんな一成の顔をじっと見つめながら、綾乃は頭を大きく振ってくる。

頬をすぼめて亀頭に口腔の粘膜をはりつかせながら、鼻を鳴らして吸ってきた。

「すごい、うう、くううう」

これぞまさに熟女のテクニックなのか、絶え間なく襲ってくる快感に一成は喘ぎっぱなしだ。

自分でも間抜けな顔になっているのはわかっているが、取り繕うことも出来ないくらいに気持ちいい。

「あふ、んんんん、んくう、んんんんん」

肉棒が大きすぎるせいか、時折、苦しそうな顔を見せているものの、綾乃は休むことなくフェラチオを続けている。

やり手で有名な女課長が自分の肉棒に献身的な奉仕をしている姿に、牡の支配欲まで満たされていった。

(おっぱいもこぼれて)

すべてを忘れたように身体全体を使ってしゃぶり続ける綾乃の巨乳がブルブルと弾んでバスタオルから半分以上こぼれ落ちている。

姿を現した乳首は薄ピンクで完全に見えていないところがいやらしい。

「ああ、綾乃さん、すごくエッチです」

快感に顔を歪めながら浴槽の縁に座った身体をよじらせる一成は、弾む巨乳に魅入られるように両手を伸ばしていった。

ボリューム感のある柔肉に触れると、指が吸い込まれていった。

「んんん、あっ、いやん、いたずらしちゃだめっ」

一成の指が乳首に触れると綾乃は甲高い喘ぎ声を漏らして、肉棒から唇を離した。

少し茶目っ気のある笑顔が可愛らしい。そして唾液に濡れた厚めの唇がライトに光る様子がなんともいやらしかった。

「だってこんなにエッチなおっぱいが目の前で揺れてるんですよ」

我慢など出来るはずがないという風に、一成は両手を大きく使って柔らかい肉房を揉みしだく。

バスタオルは下にずり落ちてしまい、二つの乳頭も完全に露出していた。

「うふふ、おっぱい好きなのね、一成くんは」

綾乃は一成の手に自分の手のひらを重ねて揉むのをやめさせると、にっこりと白い歯を見せて笑った。

「Gカップあるのよ。それでも垂れていないのが自慢なの」

Hカップの日菜子よりもワンサイズ小さいが、綾乃は身体が小柄なので同等の大きさに見える。

確かに全体的に美しい球形を保っていて、下乳のあたりにも張りがあった。

「乳首もすごく綺麗です」

ついそう口にしてしまうほど、綾乃の乳頭部は薄めのピンク色をしている。

ただ乳頭が少し大粒で、乳輪部がぷっくりと盛りあがっているのが熟した女の淫靡さを感じさせた。

「ありがとう、ふふ、じゃあおっぱいでしてあげようかな」

綾乃はもうバスタオルが腰にまとわりついているだけの膝立ちの身体をさらに起こし、二つのバストを自分で持ちあげた。

柔らかい二つの肉房を寄せながら、天を衝いている肉棒を挟んできた。

「くう、綾乃さん、それ、うう、すごい、うう」

彼女のしっとりとした肌が肉棒に触れただけでもたまらなく気持ちよくて、一成はまた喘いでしまった。

そんな一成を見つめて微笑みながら、綾乃は手を上下に動かしてきた。

「ううう、それ、ううう、最高です」

艶やかな白肌が竿から亀頭まで余すところなくしごきあげる。

頭の先まで甘い快感が突き抜け、一成はただ身を任せてこもった声をあげるのみだ。

「うふふ、もっと気持ちよくなっていいのよ」

パイズリの速度をさらにあげた綾乃は唇を開いて舌を出す。そして寄せられた柔肉の間から顔を見せている亀頭部の先端をチロチロと舐め始めた。

「くうう、はうっ、綾乃さん、ううっ、それだめ、ううう」

竿やエラを擦る滑らかな肌の柔乳と、尿道口を集中的に舐める舌先。

二つの快感が身体を駆け巡り、一成は浴槽に腰掛けた身体をのけぞらせた。

「ビクビクしてるわ、大きいのが」

綾乃はさらに首を倒すと亀頭に吸いついてきた。チュウチュウと溢れ出るカウパーを吸い出していく。

「はううう、もうだめです、綾乃さん、くうう、出ちゃいます、うう」

もちろんGカップの乳房はしごきあげを続けている。もう一成は無我夢中で限界を叫んでいた。

「んんん、んく、んんんんんん」

一成が感極まると綾乃はさらに口内に亀頭を誘い、甘く口腔の粘膜を絡みつかせ頭を強く振ってきた。

「はうっ、それだめっ、ううううっ、出る、くううう」

とどめの一撃のようなしゃぶりつきに、一成は欲望を爆発させた。

肉棒がさらに膨張（ぼうちょう）する感覚と共に、彼女の口の中に精液が放たれる。

「くうう、はうう、すいません、ああ、出る、ううう」

美女の口内で精液を発射する極上の快感に酔いしれ、一成は申しわけないと思いながらも何度も腰を震わせる。

強烈な射精の快感とともに自分でも信じられないくらい、何度も精液が飛び出していった。

「んん、んふ、んんん、んく、んんん」

綾乃は固く目を閉じたまま、すべてを受け止め、喉を鳴らして飲精を続けている。

しっかりと唇を肉竿に吸いつかせ、全部を飲み干してしまった。

「んん……あふ……すごい、たくさん出したねえ」

永遠に続くかと思った激しい発作がようやく収まると、綾乃も唇を離す。

二つの巨乳を揺らしながら、笑顔を見せた綾乃の唇の横から、飲みきれなかった精液が糸を引いていた。

「あらら、小さくならないんだ」

やり手課長の口内に精子を出したという征服感と、嬉しげな笑顔を見せる彼女の可愛らしさにあてられて、一成の肉棒はまだ硬さを保っていた。

股間全体が異様に熱さを持っていて、収まる気配のようなものを感じなかった。

「大きいだけじゃなくて、タフなのね。ふふ、まだする?」

腰にバスタオルをまとわりつかせた綾乃は、膝立ちの身体を起こして肉棒を手でしごいてきた。愛でるような指の動きがいやらしい。

「は、はい。でも完全に復活するまで少し時間がかかりますから、今度は綾乃さんに僕が」

　このまま彼女に身を任せて続きをするのも悪くないが、それだけでは申しわけない。

　一成は立ちあがると綾乃の手を引っ張って浴槽の縁に座らせ、今度は自分が湯の中に膝立ちになった。

「あっ、やん、私はいいよう。今日は一成くんにお礼をする日なのに」

　バスタオルが湯の中に落ちていき、一糸まとわぬ姿となった肉感的な身体が、木製の浴槽の上に乗った。

　白く滑らかな肌の太腿に一成が両手を入れて開くと、漆黒の秘毛が姿を見せる。

「だめですよ。綾乃さんにも気持ちよくなって欲しいですから」

　ムチムチとした彼女の下半身はなんとも男心をくすぐる。その中心にある黒い草むらはかなり濃いめで、奥に乳首と同じ色の薄ピンクの裂け目があった。

「綺麗ですね綾乃さんのここ、でもすごく濡れてます、エッチだ」

　顔を近づけて覗き込むと、小さめの肉ビラの膣口があり、そこはすでに口を開いていた。

　愛液にまみれた奥の媚肉がウネウネと動いていて、まるで別の生き物のようだ。

「あっ、やああん、だって、あああ……あんなに硬いのを見せつけられたら」

綾乃は鼻にかかった声をあげてそう言った。フェラチオをしながら興奮していたことを隠さない彼女に一成は心が燃える。

怖い女課長のすべてを剥き出しにしているという興奮に取り憑かれていた。

「もっと濡らしてください」

一成はそう言うと同時に、綾乃のビラを開き顔を見せたピンクの突起に舌を這わせていった。

「ああっ、はあああん、そこは、ああっ、あああ」

クリトリスに舌のざらついた部分を擦るようにして舐めると、綾乃の声が一気に大きくなった。

彼女は責めるときのいやらしさだけでなく、責められてもかなりの敏感さを持っているようだ。

「会社では絶対に聞けない声ですね」

彼女のまた別の顔を暴いたような気がして、一成はさらに興奮しながら舌を激しく動かした。

少し硬くなってきた小さな突起を転がすように舐めていく。

「はあああん、だって、あああん、そんなに激しく、ああっ、あああ」

浴槽に腰掛けた身体を大きくくねらせて、白い肌をヒクヒクとさせながら綾乃は淫らに喘ぎ続ける。

大きな垂れ目の瞳をさらに蕩けさせながらよがる美熟女を、テラスを照らしているライトがあたって淫靡に輝かせていた。

「もっと感じてください」

まさに夜の顔を見せつける女課長をもっと追いつめるべく、一成は指を二本、濡れそぼる膣口に挿入した。

もうドロドロに濡れている媚肉がねっとりと絡みついてくる。

「あっ、あああぁっ、両方なんて、ああ、はあああん」

ここでも綾乃は見事な反応を見せ、甘い声を響かせる。

一成は一気に二本指を奥へと押し込み大きくピストンさせた。

「ああっ、ああっ、激しい、あっ、あああ」

座っている白くグラマラスな身体が何度も弓なりになり、開かれた膣口からクチュクチュと淫らな音が響く。

クリトリスへの舌責めも続けているので、綾乃の息づかいもずいぶんと激しくなってきている。

「あああっ、ああっ、だめっ、あああっ、私、ああっ、ああ」

たわわなGカップを大きくバウンドさせ、綾乃はもう耐えられないといった風に一成の肩を強く摑んできた。

一成は頂上の一歩手前で、指と舌の動きを止めた。

「ああ……はあああん……あああ」

快感が収まったのか息を大きく吐いた綾乃は力を失ったように前に倒れてきた。

一成は立ちあがって彼女の身体を支えた。

「あ……もうすごく硬くなってる……」

浴槽の縁に座る小柄な綾乃の前に一成が立つと、ちょうど股間が彼女の目の高さにくる。

瞳を蕩けさせた綾乃は、うっとりとした表情で完全に力を取り戻している逸物にキスをしてきた。

「んんん……最後はこれでしてくれるの？」

赤くなった顔で一成を見あげて綾乃は色っぽい声で聞いてきた。その間も細い指が肉棒に絡みついている。

「もちろんです。ちょっとコンドームを取ってきます」

ラブホテルだから備え付けのコンドームがあるだろうと、一成は彼女を残して浴槽を出ようとする。

「待って。一成くんのじゃ普通サイズのは入らないでしょう」

綾乃も立ちあがり、一成の腕を摑んで止めてきた。

「あ、そうか、そうですね」

「いいの、私、あとから飲んでも効くお薬を持ってるから」

少し瞳を伏し目がちにして綾乃は、一成の腕をギュッと握る。

「男の人とそういうことになったとき用にね。いやらしい女だって軽蔑する？」

綾乃は恥ずかしそうに言った。いつでも生でセックスをする準備をしている淫乱みたいね、と続けた。

「いいえ、僕はエッチな綾乃さんが見たいです。たくさん感じて淫乱になって欲しい」

同じ会社の人間にそう思われるのが恥ずかしい様子の綾乃だが、一成は彼女のほんとうの姿をもっと見たい。

隣に立つ綾乃の左脚を持ちあげ、たくさん感じてもらいますと言って浴槽の縁に乗せた。

「あっ、いやん、なにもかも丸出し」

　綾乃は片脚だけを浴槽の縁にあげて、もう一本の脚は湯の中に伸ばして立つ体勢になった。

　小柄なので大きく股間が開き、お湯が滴る濡れた陰毛の奥にぱっくりと開いた媚肉が姿を見せていた。

「このまま入れますよ」

　恥じらう美人課長を愛おしく思いながら、一成は向かい合って正面に立ち、彼女の乳房を揉みながら怒張を突きあげた。

「あっ、この格好で？　あっ、ああっ、あああああ」

　片脚立ちで開かれたピンクの女肉に完全に復活した逸物が突き刺さる。

　肉感的な身体を大きく震わせ、綾乃は一際大きな声をあげてのけぞった。

「ああっ、なにこれ、ああっ、奥まで、ああっ」

　一成の巨根が膣口を押し開き一気に膣奥に達すると、綾乃は驚いた顔を見せる。

　そこからさらに怒張は子宮口を押し開けて根元まで侵入した。

「ああっ、はあああん、ふ、深い、あっ、ふかあい、あああああ」

　唇をこれでもかと割り開き、瞳をトロンとさせた綾乃は悦(よろこ)びに浸りきった顔でよがり泣いている。

白い肌も一気に上気し、乳房が桜色に染まっていった。

「たくさん突きますよ、綾乃さん」

一成は下から勢いをつけて肉棒をピストンする。小柄な白い身体が浴槽の端で大きく弾み、乳房が踊る。

「あっ、はあああ、激しい、あっ、あああ、ああっ」

少し乱暴かとも思えたが、さすがは熟女とでも言おうか、綾乃は一成の巨根をしっかりと受け止めて快感に喘いでいる。

唇を大きく開いて白い歯を覗かせながら、垂れ目の瞳で虚ろに見つめてきた。

「あああっ、すごいわ、あああっ、あああん、あああ」

片脚立ちの下半身の真ん中に向かって怒張が高速でピストンを繰り返し、愛液をかき回す音が夜のテラスに響き渡る。

染みひとつない白い太腿の内側がヒクヒクと引き攣っていた。

「はああん、太くて、あああ、硬いわ、あああ、私の中、ああっ、いっぱい」

一成にしがみつくようにしながら綾乃は歓喜の声をあげて、悦楽に酔いしれている。

「僕の、くうう、綾乃さんの中、すごく気持ちいいです」

ヌルヌルとした愛液にまみれた熟女の媚肉はやけにねっとりとしていて、ピストンするたびに亀頭のエラや裏筋が甘く擦られる。

肉棒の根元から先端までが柔らかく包み込まれていて、なんとも心地よかった。

「綾乃さん、こっちへ」

一成は彼女のもっと深い場所を味わいたくなって、ほどよく締まった腰を抱いて抱えあげた。

「あっ、なにを、あっ、やああん」

肉棒の快感に浸りきっていた様子の綾乃は、一成の急な動きに驚いて甲高い声をあげる。

一成は肉棒を挿入したまま浴槽に身体を沈めていく。水しぶきがあがり、二人の身体は繋(つな)がったまま対面座位の体勢になった。

「あっ、やっ、あああっ、もっと奥に、あああん、来てる、ああ」

湯の中に尻もちをつく形で座った一成の股間に跨がる形になった綾乃は、一際大きな声をあげてのけぞった。

この体位になると股間の密着度があがり、より膣奥の深い場所を怒張が抉(えぐ)るのだ。

「苦しくないですか？」

小柄な身体を震わせる綾乃が少し心配になって、一成は尋ねた。もうお腹のあたりまで肉棒が達しているのではないかという感覚があった。

「ああっ、そんなことない、ああっ、でも初めてよ、こんなに奥まで来てるの」

綾乃のほうは息を弾ませながらも、徐々に顔を恍惚とさせていく。

さすがというか、すぐにすべてが快感に変わっている様子だ。

「ああっ、あん、これ、あああっ、すごいわ、ああん、ああ」

気を遣ってすぐにはピストンを始められない一成を尻目に、綾乃は自ら腰を使いだした。

半開きの唇の間から湿った息を漏らしながら巨乳を揺らして、お湯の中の下半身を前後に動かしている。

「そこがいいんですか？」

自分の奥にグリグリと亀頭を擦りつけるような動きを見せる美熟女の一心不乱な姿は、たまらなく淫らだ。

すぐにでも突きあげたい衝動を抑えながら、一成は水面に近い場所で弾む巨乳を揉みながら乳首を軽く摘まんだ。

「うん、ああっ、あああん、そう、ああっ、私の一番いい場所にあたってるわ、ああっ、やだ、ああああん、腰が止まらない」

一成の両脚の上で、たっぷりと肉が載った桃尻を前後させながら、綾乃は恥ずかしげに自分の指を噛んでいる。

ただ本能の暴走は抑えられないようで、腰のくねる動きがどんどん速くなり、息づかいもかなり乱れていた。

「奥が一番いいんですね、自分でしてみてください」

あえて少し焦らして一成は彼女の耳元で囁いた。もっとこの美熟女の性感を煽ってから一気によがらせる腹づもりだ。

「ああん、意地悪、あっ、あっ、でも、あああん、ここ、あっ、一成くんの大きいのが、ああっ、深くに来てるのう」

恥じらいながら綾乃は、大きく身体を上下に動かし怒張を貪ってきた。

お湯の中で熟れたヒップが浮かんでは落ちるを繰り返し、Ｇカップのバストがこれでもかと弾んでいる。

「あっ、あああっ、たまんない、あああっ、あああ」

もう夢中という感じで、綾乃は一成の肩を摑んで身体を豪快に揺らしてきた。

水中でぱっくりと開いたピンクの膣口に野太い肉茎が出入りを繰り返す。膣肉もさらに蕩けだし愛液が溢れかえってきた。

（そろそろ）

さらに上気している熟女の身体が充分すぎるくらいに燃えあがっていると確信し、一成は満を持して怒張を突きあげた。

「あっ、ひあっ、ああああっ、はあああああん」

彼女の動きに合わせてより深く突き立てられた肉棒に、綾乃は大きく目を見開いて絶叫した。

「あっ、あっ、あああ……」

たった一突きだけだったが、綾乃はすべてをなくしたような様子で、呆然と白い身体を震わせている。

一成の腰に回されたムチムチの太腿が何度も引き攣っていた。

「あっ、ああ……やだ私、ああっ」

あまりの強い反応に見とれていると、ようやく意識を取り戻した感じの綾乃が急に恥じらいだした。

「イッたんですか？」

一回突いただけでとは思うが、綾乃の反応は絶頂に達していたように見えた。

現に膣内もビクビクと小刻みな収縮を繰り返している。

「ああっ、言わないで、ああ……こんなの私、恥ずかしいわ」

綾乃は顔をさらに赤くすると一成の肩を強く摑みながら顔を横に伏せた。

これもまた普段の強気な彼女の姿からは考えられない表情で、男心をくすぐった。

「イッたんですね、一突きで」

一成も一気に興奮してきて肉棒を動かし始めた。怖い女課長を自分の肉棒で思うさま翻弄（ほんろう）していると思うと腰が自然と反応していた。

「あっ、あああっ、いまイッたばかりだから、あっ、ああっ、あああん」

言葉とは裏腹に綾乃は見事な反応を見せてよがり泣きを始める。

甘い声をあげ、垂れ目の瞳を潤ませながら怒張に身を任せている。

「何度でもイッてください」

一成はそんな美熟女の桃尻を湯の中で強く握り、さらに強く肉棒をピストンさせた。

亀頭の張り出したエラが濡れそぼる膣肉を強く抉（えぐ）り、先端が奥深くに突き刺さる。

「ああっ、そんな、あああん、私、どうしようもない女になっちゃうよう、ああっ、淫乱なところを見られちゃう、ああ」

なよなよと首を横に振る綾乃だが、逃げようという様子は微塵もなく、ただ喘ぎながら一成の突きあげに身を任せている。

しがみつく手にも力がこもり、これでもかと弾む巨乳の先端は尖りきっていた。

「あああっ、はああああん、また来る、ああっ、イッちゃう、あああぁ」

そして大きく背中をのけぞらせると、綾乃は限界を口にした。

媚肉のほうも常に動き、上下する怒張を貪るように絡みついてきた。

「イッてください、僕も一緒に」

一成もまた、一度発射したというのに驚くような早さで限界を迎えようとしていた。

美熟女の乱れよがる顔と波打つ乳房。そして包み込むような肉厚で柔らかい媚肉に男の欲望が爆発していた。

「あああっ、来てぇぇ、あああ、たくさん出してぇ、あああん」

厚めの唇をだらしなく開いた綾乃は、あらためて一成の首に腕を回してしがみついてきた。

それが激しく突いてくれという合図だと思い、一成も大きく息を吸った。

「いきますよ」

肉棒の暴発を懸命に耐えながら、彼女の桃尻を強く摑んで上下に揺らす。同時に自分も強く腰を突きあげた。

「あああっ、すごい、あああん、私、狂っちゃう、ああっ、あああぁ」

小柄ながらにグラマラスな白い身体が一成の膝の上でバウンドし、膣奥に亀頭が強く打ち込まれた。

瞳を宙に泳がせた綾乃は、されるがままに快感に身を任せ、悲鳴のような声をテラスにこだまさせた。

「あああっ、イク、イク、イクうううううう」

いきなりだった一度目とは違い、受け入れる態勢が出来ていたのか、綾乃は恍惚とした顔を見せながらエクスタシーに絶叫した。

一成の腰を両脚で強く締めつけながら、自ら股間を前に突き出した。

「ああん、すごいい、あああっ、こんなの初めて、ああっ、あああ」

よほど大きな絶頂の波が来ているのか、綾乃はがっくりと頭を後ろに落としながら、ケモノのようによがり泣く。

全身も歓喜に震えていて、下腹部や両脚、そして巨大な乳房に至るまでもがブルブルと痙攣していた。

「俺も出ます、くうう、ううう」

その反応は彼女の媚肉にも伝わっていて、膣道が搾り取るように肉棒に絡んできた。

甘い締めつけに一成も屈し、彼女の膣奥で怒張を爆発させた。

「あああっ、来てる、あああん、熱い、ああっ、あああん」

一成の首を強く抱きしめながら、綾乃は膣内に流れ込む精液にも歓喜している。

垂れ目の瞳をうっとりと滲ませて、蕩けた表情ですべてを受け止めていた。

「はあはあ、はあ……」

強烈なエクスタシーの発作が収まっても、二人はしばらく息を荒くしたまま声も出なかった。

満足感が強く、彼女から離れがたい気持ちになった。

「ああ……もうっ、今日はお礼をするつもりだったのに、こんなに感じさせられて」

ようやく呼吸も落ち着いてくると、綾乃はしがみついていた身体を起こし、少しくやしそうに笑って一成の胸のあたりを指で掻いてきた。

「綾乃さんのエッチな顔が見られただけですごく満足ですよ」

これは嘘でもお世辞でもなく、いままでは怖いイメージしかなかった女課長が自分の肉棒で泣き狂う顔を見せたことに、一成は一番の興奮を覚えていた。

男の征服欲のようなものを満たし尽くしてくれる。

「やだ、もう意地悪、ああ……でも……私も一成くんがこんなに優しくてすごい子だと思わなかったわ。またしてって言っちゃうかも……」

頬を赤く染めた綾乃はそう言って一成の唇にキスをしてきた。

「んんん……んく……んんん」

口を塞がれたので返事は出来なかったが、いつでもという意味を込めて一成は強く舌を絡ませた。

「んんん……んく……あっ……やん」

しばらく口を吸い合ってから離れると、同時に射精を終えた肉棒も彼女の中から抜け落ちた。

湯の中で溢れ出た白い粘液が混ざり合わずに、ゆらゆらと漂っていく。

「すごく濃いのね、一成くんの」

それを指で掬(すく)い取って伸ばしたあと、綾乃はなんと舌で舐めとった。

ピンクの舌を出して美味(おい)しそうに精液を味わう彼女は淫靡な笑みを浮かべていて、一成はただ圧倒されて見つめ続けるだけだった。

第四章　先輩が見せるオンナの顔

ＭＭ社のある街から少し離れた場所に小さな山があり、そこの頂上付近に遊具がいくつかあるだけの猫の額のような狭い公園がある。

一番近い道路から五分ほど階段をのぼらねばならず、平日の昼間などほとんど人影がないが、たったひとつ置かれたベンチの向こうに市内を一望する風景が広がっている。

「くううっ、ううっ、こんな、ううっ」

ここは綾乃のお気に入りの場所らしく、ストレスがたまるとここでしばらくぼんやりと過ごすらしい。

営業の途中で綾乃に呼びだされてやって来たのだが、先に営業車で来ていた彼女は一成をベンチに座らせるなり、目の前に膝をついた。

「今日はこれから新規の会社でプレゼンなの。だからエネルギーちょうだい」

そう言った彼女はいきなり一成のベルトを緩めて肉棒を剝き出しにして、大胆にしゃぶりついてきた。

「んんんん、んく、んんんん、んふ……んんんん」

愛おしそうに亀頭を舐めて吸われ、一成の愚息はすぐに天を衝いた。

「くうう、綾乃さん、ううっ、こんな場所で、ううっ、くう」

気合いの入ったスーツ姿の彼女が一成の膝の間で前屈みになると、開き気味の白いブラウスの胸元から巨乳の谷間が見えた。

それだけでも勃起してしまいそうなくらいに色っぽいのに、舌や口腔の粘膜がねっとりと絡みついてくる。

甘い快感に翻弄されながらも、広い街並みが視界に入るとさすがに少し気が引けた。

「んんん、あふ、ぷはっ、うふふ、外でするの好きじゃなかったっけ」

一度肉棒を唇から出した綾乃はにっこりと笑って、もう息を荒くしている一成を見あげてきた。

「えっ、あ、はい、まあ」

青姦をしていたという噂のことを言っているのだろう。ただ一成はもう否定する気は起こらず、曖昧(あいまい)な返事をするだけだ。

「たくさん気持ちよくなってね、あふ、んんんん」

綾乃は甘い口調でそう言ってから尿道口のあたりを一舐めしたあと、一気に口内の奥深くにまで肉棒を飲み込んだ。

「はうっ、くううう、すごくいいです、うう」

ベンチに腰掛けた身体をのけぞらせて一成は、誰もいない静かな公園に呻き声を響かせた。

ブチュブチュと綾乃の唇が肉竿にまとわりつく音が響き、それもまた欲情をかきたてた。

(ああ、もうなんかどうでもいいや)

就業中にこんな行為をしているのはもちろんまずいし、変態の話も否定したいのだが、熟女のフェラチオはあまりに気持ちよすぎて、なにかを考えているのもしんどい。

もうただこの心地よさに身を任せて、一成は腰を震わせた。

「んんん、んふう、んくうう、んんんんん」

普段は凛々(りり)しい口元を歪めながら綾乃は大きく頭を振ってくる。今日は黒髪を後ろでまとめているので、白いうなじがまぶしい。

「くうう、綾乃さん、ああっ、すごいです、ううう」

顔をあげれば街並みを見下ろす爽やかな風景が、目線を下げたら頬をすぼませた淫靡な美熟女が視界に入る。

一成はなんだか自分が夢の中にいるような気がしてきた。

「んふ、んんんん、んん」

綾乃のほうはますます集中して怒張をしゃぶりあげてくる。口腔の粘膜だけでなく舌を亀頭の裏筋に押しつけて頭を振るスピードをアップした。

「はうっ、それだめです、くう、出る、もう出ちゃいます」

彼女の舌のざらついた部分が激しく亀頭の裏筋を摩擦して、快感が突き抜ける。

全神経が肉棒に集中していく。一成が思わず限界を口にすると綾乃は一成の手を強く握ってきた。

「ああぁっ、もうイク、イキます、くううう」

それがこのまま口内で射精してくれという合図だと思い、一成は快感に身を任せたまま腰を震わせた。

「あっ、出る、ううう、くううう」

思わず口走りながら一成は彼女の口内に向かって熱い精をぶちまけた。

「んん、んく、んんんんん」

綾乃は驚いた様子ひとつ見せず、亀頭を深く飲み込んだまま射精をすべて受け止めている。

頭の動きを止めて喉を鳴らし、垂れ目の瞳をうっとりとさせて飲み干していく。

「あっ、はうっ、くうううう、あ、綾乃さん」

射精は何度も続き、自分でもびっくりするくらいの精液が溢れ続けた。

その量が多くなるごとに綾乃は表情を蕩けさせ、ついには舌を動かして亀頭を舐め始めた。

「あ、それすごい、ううう」

エクスタシーに痺れる肉棒に舌で追い打ちをされ、一成はむず痒さにベンチに座る身体をよじらせた。

こんな快感があるのかと、一成は元人妻のテクニックに溺れていた。

「んん、ぷはっ、たくさん出したねえ」

ようやく脈動が止まった肉棒を吐き出した綾乃は、笑顔を見せて妖しい視線を向けてきた。

これで終わったと思った瞬間、綾乃は唇を精子がまとわりついている尿道口に押しつけて強く吸いあげてきた。

「はっ、はああああああ」

ストローと同じ要領で尿道内に残っていた精液までもが吸い出される。

その快感があまりに激しく、一成は間抜けな声をあげて空を見あげた。

「これで元気が出るわ。プレゼンがんばろうっと」

まさに最後の一滴まで飲み干した綾乃はにっこりと笑って立ちあがった。

「は、はあ……そうなんですか……」

こちらはまだ下半身がガクガクと震えている感じの一成は、広がる風景を背にして立つ美人上司を呆然と見あげるばかりだ。

熟女のタフさにやられっぱなしだ。

「ふふ、ごちそうさま」

綾乃はスーツのポケットからティッシュペーパーを出すと、一成の肉棒を拭いてズボンまで直してくれた。

(精子を飲んで元気が出るものなのか？　それとも)

飲精をしたあとの綾乃はなんだか頬が艶やかになってきた気がする。

彼女は男の精を飲みたいという性癖があるのではと思うほど満足げに見えた。

「うふふ、立てる？」

「は、はい……」

彼女に手を引かれて一成はベンチから立ちあがった。まだ正直、膝には力が入っていなかった。

「プレゼン必ず成功させるわ。夜はご褒美ちょうだいね。ふふふ」

公園を出ようとする綾乃は振り返って淫靡な微笑みを浮かべた。一成はその全身から湧きあがるような色香に圧倒されるばかりだった。


「岡野くーん、ちょっといい？」

昨日は夜遅くまで、プレゼンを成功させてテンションがあがった綾乃に求められ、一成は腰を押さえながら出社した。

昼食をとってから外回りに行くべく地下の駐車場に向かっていると、聞き覚えのある声が後ろから聞こえてきた。

「なんですか、気持ち悪い」

振り返ると先週から本社の経理部に戻ってきた杉河美香が手を振っていた。

同じ大学の先輩でもある彼女は普段、一成のことを岡野と呼び捨てにするか、変態くんとからかってくるかなので、そんな呼びかたはあきらかに変だ。

「気持ち悪いってなによ。ひどいわね」

不機嫌そうに言った彼女は一成の手を引いて、人気の少ない通路の奥へと引っ張っていった。

「どうしたんですか、いったい」

別に仲が悪いわけではないので普段から会話はあるが、こうして誰もいない場所で二人きりというのは初めてだ。

最近、こう状況になるととんでもないことが起こっているので、一成は妙に緊張してしまう。

「今日、残業はしない日でしょ。用事がなければ家まで送ってくれない？」

いつもはくだけた態度で一成に接してくる美香が真剣な表情で頼んできた。

今日、ＭＭ社はノー残業デーで、営業の社員も外回りを早めに切りあげて退社するように命じられていた。

「な、ないですけど、どうしたんですか？」

あまりにいつもと違う女先輩の様子に一成も少し驚いていた。

「事情は帰りながら話すから、とりあえず頼むわね」

そう言って一成の肩を叩いた美香は目を伏せたまま経理部のほうに戻っていった。

（どうしたんだろ……）

いつも明るい彼女が眉間にシワまで寄せている姿に、ただごとではないような気がした。

「元彼がストーカー。なんですか、それ」

仕事終わりに会社の近くで待ち合わせした美香から出た言葉に一成は思わず声をあげた。

「ちょっと声が大きいって」

美香は一成をたしなめながらやけに周りを気にしている。それは同僚がいるかもしれないという感じではなく怯えているように見えた。

いつも明るくて気が強い彼女にしては少々おかしい。

「え、もしかして」

その元彼とやらがいるのかと一成も周りを見るが、大通りの歩道は、足早に歩いていく人々ばかりだ。

「いまはいないわ、今日はアイツの誕生日なの。だからもしかして会社にまで来てるかと思って」

周囲を確認してからそう言った美香に、一成も少し息を吐いた。

美香は今日はとくに現れる可能性が高そうだから、誰かに一緒にいて欲しかったのと続けた。

「とりあえず、歩きながら話すわ」

会社の最寄り駅に向かって二人肩を並べて歩いていく。美香は数ヶ月前までその男と付き合っていたらしい。

「最初は真面目な奴だったんだけどね」

元彼はサラリーマンだったらしいが、美香と付き合って一年ほど経って同棲を始めると会社を辞めてきた。

すぐに再就職をすると言っていたが、家でだらだらと過ごし、それを美香が注意するとなんと暴力をふるってきたというのだ。

いくら気が強くても男の力には対抗出来ない美香だったが、殴られた証拠を集め、警察に通報しないかわりに家を出て行けと要求したらしかった。

「そのあと家の前にいたりするのよ」

男は家を出たが、土日になると美香のマンションの前に長時間立っていたり、彼女が常連のお店に現れたりするようになった。

そのストーカーぶりが怖くて、彼の誕生日である今日は会社にまで来ているかもと思ったそうだ。

美香は今日は家には戻らず、実家に戻るらしかった。その乗換駅まで送って欲しいというのだ。

「たいへんですね。どんな奴なんですか」

「見た目はほんとうに普通の男なんだけど、急に豹変するタイプなの。まったくそぶりも見せなかったけどね」

美香は少し唇を噛みながら言った。

（そういえばこの人、ちょっとダメっぽい人と付き合っていたよな）

例の変態事件のあと一成はサークルを辞めたのだが、その数ヶ月後、美香と男の先輩が並んで歩いているのを見た。

派手目なルックスで美人の美香に対し、その先輩はサークルでも大人しいというか、あまり目立たないタイプだった。

あまりにアンバランスなカップルだと、すでにサークルを辞めている一成の耳にまで入ってきていたほどだった。

（モテると思うけど、そういう男が好きなのかな）

タイトなデザインの黒のカットソーに薄手のジャケット。膝丈のスカートという、仕事用の少し地味目な服装をしていても美香のスタイルのよさは際立っている。すらりと伸びた長い脚、カットソーの生地を引き伸ばしている豊かな胸。これで顔は彫りが深めの大きな瞳をしているのだから、男なんか選び放題に思えた。

「いた」

そんなことを話しながら駅についたとき、急に美香が立ち止まった。あきらかに顔が引き攣り声も震えている。

暴力をふるわれた記憶が蘇っているのだろうか。

「え、どこですか？」

一成は慌てて周りを見回したが、オフィス街の駅はこの時間帯、大勢の人々が行き交っているので知らない顔を見つけ出すのは困難だ。

「もういなくなった。どうしよう、やっぱり来てた」

美香は真っ青な顔になって一成の腕にしがみついてきた。

彼女のこんな弱々しい表情を見るのは、大学時代からを通しても初めてだった。

「とりあえず、僕がよく行くお店に行きますか？　いま帰っても……」

ずっと実家まであとをつけられる可能性だってある。どこかで様子を見てから電車に乗るのが賢明に思えた。

「うん、ごめん」

　頷いた美香はさらに強く一成の腕にしがみついてきた。


　二人は会社から二駅離れた場所にある、一軒のバーに来ていた。カウンターに並んで座り、酒を口にはしているが、当然ながら盛りあがるはずはない。

「あーもう、どうしてあんなカスみたいな男を引いちゃうんだろう」

　その前の男も無職になって別れたと美香は愚痴っている。ただ彼女もとても酔っ払う気分ではない様子だ。

「う、運の問題もあるんじゃないですかね」

　そう言って慰める一成だったが、きっとそういう、少しだめな感じの男が好きなんだろうと思っていた。

　MM社にも以前、そういった文句を言う女性がいたが、いつも好きになるのは、お世辞にもしっかりしてそうとは言えない男ばかりだった。

　彼女たちはきっと母性本能をくすぐるタイプに弱いのだろう。逆にそういう男のほうがこじらせるとやばいというのもある。

「もういやっ、なんでつきまとうのよ」

美香はいらだったように叫んで、バーのカウンターを叩いた。店内に他の客はおらず、マスターも聞こえないふりをしてくれているのが幸いだ。

「つきまとうって、僕のことかい？　ひどいなあ」

そのとき店のドアが開いて一人の男が入ってきた。すらりと長身の男で髪型もさっぱりとしている。

「ひっ」

その男の顔を見た瞬間、美香が引き攣った声をあげた。話がずっと聞こえていたであろうマスターもきっと気がついただろう。この男が元彼だ。

「僕はちゃんと恋人として話し合いをしたいだけだよ。ねえ、僕というものがありながらこいつは誰？」

男は美香の隣には座らず、一成の横に来た。カウンターに三人並んだ状態になり、マスターがコースターを男の前に出した。

「僕は東堂(とうどう)、君は」

酒を注文したあと、男は一成をじっと見つめてきた。品定めするようなその目があきらかに危なさを感じさせる。

（ああ、こういうタイプね）

一成は案外冷静に男を分析していた。空手道場に通っていた時代、自分よりも強い人間とは組み手はやらず、後輩いじめのようなことだけはするタイプと同じ目だ。

「岡野っていいます」

一成は静かに言って、自分のグラスを口に運んだ。

「この子は関係ないのっ、会社の後輩よ」

「関係ないっていうわりには腕を組んでたよね、あれはどういうことかな？」

「や、やっぱり見てたんだ、どうして」

慌てて口を挟んできた美香に男はドスが利いた感じで、まるでお前はいまでも自分のものだとばかりに言った。

美香は顔を引き攣らせて絶句している。

「暴力ふるってたそうですね、どうですかね、そういうの」

ピリピリとする二人に挟まれているが、一成は妙に冷静だった。ぐだぐだと話していても仕方がないから、はっきりと核心を話した。

「あれはしつけだよ、しつけ。男から女への、わかるだろ」

「わかんないっす」

一成が即答で答えると、男の顔があきらかに引き攣った。

「へえ、ならその意味がわかるように君もしつけたほうがいいかもね」

男はやけに一成を見下した風に言って、歪んだ笑みを浮かべた。

(舐められてんなー)

怒りを露わにする男を見て一成は吹き出しそうだ。お互いに痩身だが、一成は背が高いほうではないので、長身の東堂からすれば見下ろす形になる。

顔もそれほどいかついわけではないので、初対面の相手に舐められることも多い。この男はそれの典型だ。

(さて、でもさすがにボコボコにするわけにはいかないしなあ……)

営業のときにはこの顔が役に立つこともあるのだが、とにかく弱そうに見えるのだ。ただ思いっきりやってケガをさせたりしたら、こっちが悪いことになりかねない。

この前のボヤ騒ぎで説教をくらったばかりで暴力事件なんか起こしたら今度こそクビになる。

「ちょっと表で話そうか、お店に迷惑がかかるし」

「表ってどういうことですか？」

「男が表に出ろって言ったら意味はひとつだろう、いやなら帰りなよ」

黙っている一成がびびっていると思ったのか、東堂はさらに強気に出て、拳を握って一成に見せてきた。

いますぐに殴ってやりたいが、一成は冷静に息を吸ってイスから降りた。

「別にいいですけど、少し準備運動させてもらっていいですか？　マスター、瓶ビールの空き瓶ありますか、二本くらい」

「ありますよ」

マスターが頷いて中瓶サイズの空き瓶をカウンターに置いた。

一成は瓶の下を左手で握り、右手で手刀を作る。

「はっ」

気合いと共にその手刀を瓶の細い部分に打ち下ろす。するとその部分だけが綺麗に飛んで、東堂と美香の前に転がっていった。

「はいっ」

もう一本のほうも同じように手刀を打ち込む。飲み口の部分が折れてカウンターを転がる。

東堂もそして美香も、音を立てて転がるそれを顔を引き攣らせて見つめていた。

「こ、こんなの見せてどういうことかな、僕はあくまで話し合いを」

　東堂は突然声を震わせながらそう言った。かつての空手の先輩と同じだ、相手が自分より強いとわかると急に及び腰になる。

「拳まで作って見せといていまさらなに言ってんだよ、あんた」

　今度は一成のほうが拳を握って東堂の前に突き出した。

「い、いや、そんなつもりはないよ、用事も終わったしもう帰ろうかな」

「こっちの用事はまだ終わってないよ。もう杉河さんにつきまとわないって約束してもらわないとね」

　カウンターに手をついて身体を出し、東堂がイスから降りるのを防ぎながら、一成は迫った。

「するよ、誓うよ。もう二度と現れないって」

「じゃあ、一筆書いてもらいましょうか」

　怯えきっている東堂に一成が言うと、マスターが紙とペン、さらには朱肉まで出してきた。

「か、書くよ、いくらでも」

　震える手で二度とつきまとわないと誓約した東堂は、指で拇印（ぼいん）まで押した。

「こ、これでいいかな」

「はい、いいですよ。でもまたあんたが現れたら、僕もいつでも来ますからね」

東堂を強く睨みつけてから、一成は身体をずらしてスペースをあけた。

「わ、わかってるよ、じゃあ美香さん、お元気で」

最後は自分の元カノにさんまでつけて東堂は、五千円札をカウンターに置いてそそくさと店を出て行った。

「一成……」

涙ぐんだ瞳で美香が一成を見あげてきた。まだ彼女の手は震えている。

「そろそろいいかな？」

マスターが静かに言って、カウンターを出ると店の入口のドアを開いて外を見回して東堂がほんとうに帰ったかどうか確認した。

「いないよ。うまくいったな岡野」

マスターがこちらを振り返るなり、ニヤリと笑った。

「ありがとうございます、先輩」

一成も笑い返して頭を下げた。マスターは実は一成の空手道場の先輩にあたる人なのだ。もちろん弱い者いじめなどするタイプの人ではない。

「えっ、えっ」

「同じ空手道場で稽古した先輩と後輩なんですよ」

わけがわからずにキョロキョロする美香に、一成はマスターのことと、ビール瓶割りが仕込みであることを説明した。

「ピアノ線を巻いてライターであぶってね。こいつらが宴会や結婚式とかの余興で使うって取りに来るからさ、いつも何本かストックしてあるんだよ」

それにしても効果てきめんだったとマスターはお腹を抱えて笑いだした。

それでも綺麗に割るためにはコツがいるが、道場に伝わる宴会芸のひとつで一成のように長年いた道場生はみんな出来た。

「なんだ……もう、びっくりしたよ」

美香もようやく笑顔を見せながら、瞳の横に伝っていた涙を指で拭(ぬぐ)った。


「お茶くらいご馳走させてよ」

美香は実家に連絡を入れて自分のマンションに帰ることにした。

まさかとは思うがなにかあってはいけないので、彼女の部屋のドアの前まで送ると、美香は強引に一成の腕を引っ張った。

「え、は、はあ」

美香とは大学時代から数えたらけっこう長い付き合いになるが、自宅にお邪魔するのは初めてだ。

緊張はするが今日の件もあったので、まだ一人でいるのは怖いのかもしれない。

（か弱い一面もあるんだな）

美人でスタイルもよく、姉御肌で皆から慕われるタイプの女先輩の、意外に脆い一面を今日は見てしまった。

１ＬＤＫの部屋のリビングに入り、上着を脱いでブラウスとスカートだけになった彼女の後ろ姿も少し弱々しく見えた。

「ちょっとそんなにジロジロ見ないでよ、女の部屋を」

一成は美香に見とれていたのだが、振り返った彼女は部屋を見られていると勘違いしたのか、顔を赤くしている。

「い、いえ、そんなつもりは」

一成は慌てて下を向いてカーペットの上に置かれた小さなテーブルの前に座った。

「あんまり見ないでね、散らかってるんだから」

少し唇を尖らせながら言った美香は、少し伏し目がちになりながらキッチンのほうに行ってしまった。

（あれ？）

ずっと照れたような感じの美香に一成は驚いていた。大学時代の彼女なら散らかっているのが気に入らないのなら、お前が掃除しろとか言い出しそうだ。

それに部屋はよく整頓されていて、恥ずかしがる必要などないのに。

「コーヒーしかないけど」

しばらくすると美香がマグカップを二つ手にして戻ってきた。

リビングの中にコーヒーの香りが立ちこめ、二人はテーブルの前に並んで座る形になった。

「今日はほんとうにありがとう。でも後輩のあんたにずいぶんと恥ずかしいところ見られたわね」

それが照れている理由なのか、美香はほとんどこちらを見ずに礼を言った。

「いや、あんなのに暴力ふるわれたりつきまとわれたりしたら怖いですよ。これで縁が切れるといいですが」

いちおう誓約書を書かせたが、あんなものは東堂が破れかぶれになったら意味をなさない。

出来れば引っ越しとかもしたほうがいいと、美香に話した。

「そうね、でも一成がいてくれたから怖くなかったよ、ほんとうに」

　弱々しげな笑みを浮かべて、美香は恥ずかしげに顔を前に向けた。

　後輩の一成に自分の弱いところを見られているのが照れくさいのだろうか。また新たな一面を見せる気の強い先輩に一成はドキリと胸が締めつけられた。

「ねえ、ごめんね、あんたの入社式のこと……これでも申しわけないって思ってるんだよ」

　しばらく無言の時間が流れたあと、美香は急に手にしていたマグカップをテーブルに置いてこちらをふり向いた。

「もう気にしてないっすよ。まあジムに行ったときに女の人がいたら、急に重ね着されたりしますけどね」

　一成は笑顔で返しながらそう言った。最近の行い、とくに美優梨との屋上での行為を考えたら、変態男と呼ばれても仕方ないことをしている。

「ねえ、彼女はいないの？　まさか社内の人と付き合ってたりは、しないよね」

　横座りのまま急に身を乗り出し、美香は顔を寄せてきた。

　一成の一歳上だから二十六歳、頬や首のあたりの白い肌が艶やかで、彫りが深めの大きな瞳がなんとも魅力的だ。

「い、いるわけないじゃないですか。誰かさんのおかげで距離を置かれてるって、さっき言ったとこでしょ」

どうしてそんなことをわざわざ聞いてくるのか疑問だったが、社内の彼女というワードを意識すると、いろいろな顔が浮かんできて一成は冷静でいられなかった。

「ほんと鈍いよね、そういうところ。あえて聞く理由なんてひとつでしょ」

少し不満げに言った美香はさらに身体を前に出し、一成のＹシャツのボタンを外し始めた。

「えっ、美香さん、ちょっと、えっ」

今日はやけに女を意識させる先輩に戸惑っていた一成だったが、彼女の大胆な行動に軽いパニックを起こしていた。

そんな一成を尻目に美香はＹシャツを強引に脱がせると、ブラウスにタイトスカートの身体を浴びせてきた。

「わっ、ちょっと、うわっ」

美香はそのまま一成の乳首にキスをしてきた。ピンクの舌を這わせて乳頭部を軽く転がしてくる。

むず痒いような快感が突き抜け、一成は驚きながらも変な声を出してしまった。

「鈍いから、大学のときもあんな悪い女に引っかかるんだよ」

美香はカーペットに押し倒された一成の上にのしかかり、今度は首や鎖骨のあたりにキスの雨を降らせる。

その顔には笑みが浮かんでいて、楽しそうに一成の肌を吸っている。

「き、気がついてたんですか?、うっ、向こうから誘ったって」

女性にこういう風に身体中を舐められるのは初めてなので、一成はずっと身をよじらせながら覆いかぶさる女先輩を見あげた。

「確信はなかったけど、だいたいそんなところだろうって思ってたよ。あの子、裏表が激しい子だったしね」

大学時代、青姦をした彼女はエッチなところはあったが、基本的には明るくて優しい性格の人間だった。

だからすべての罪を一成になすりつけてきたときには驚いたのだが、もともとそういう本性を持っていたというのか。

「な、なんで庇ってくれなかったんですか?」

いまさらの話にはなるが、あのころ、美香とは先輩後輩としてけっこう仲良くしていたと思う。だけど、サークルで浮いたときもとくにフォローはしてくれなかった。

姉のように慕っていた女先輩にも見捨てられた気がして、寂しい思いをした記憶があった。

「ごめんね、あんな女に引っかかって幸せそうにしているあんたに、ちょっと苛ついてたんだよ」

上半身裸の一成の乳首を爪先で軽く引っ掻きながら、美香は赤くなった顔を恥ずかしそうに伏せた。

「えっ、まさかそれって」

美香の表情から一成は彼女の当時の気持ちを悟った。そういえば一成自身もあまりしっかりしているとはいえず、見た目も頼りなげに見られることが多かった。

まさかの言葉に驚く一成をじっと見つめながら唇を寄せてきた。

「あんたが入社してきたときも知らなかったから、ずいぶんとびっくりしたんだよ」

そしてそのまま、形の整った唇が重ねられる。舌がゆっくりと入り込んできて、ねっとりと絡め取られた。

「んんん、んく、んんんんん」

そのまま一成は彼女の舌の動きに身を任せる。唾液に濡れた舌と舌が、粘っこい音を1LDKのリビングに響かせる。

彼女の気持ちに気がつかなかったことを申し訳なく思いながら、一成は覆いかぶさる美香の上半身をしっかりと抱きしめた。

「んんん、あふ、んんん、んくう」

過去を取り戻すように二人は激しく舌を貪りあう。大学時代に付き合っていたらどうなっていたのか、ふとそんな考えが頭をよぎった。

「んん、ぷはっ、可愛いね、一成は大学時代から変わらない」

そんなことを口にした美香は身体を起こして仰向けの一成の腰に馬乗りの体勢になると、ブラウスを脱ぎ捨て、中に身につけているキャミソールも頭から抜き取った。

上半身がレースがあしらわれたブルーのブラジャーだけになる。濃いめの生地が色白の肌によく映えていた。

「み、美香さんもスタイルいいのは同じですよ」

大学のころから美香は細身で脚も長いスレンダー体型なのに、乳房やお尻は大きいとサークルの男たちは皆よく口にしていた。

テニスのスコートから伸びた美しい生脚は、いまも目に焼きついていた。

「ずっと鍛えてるからね。おっぱいFカップあるけど垂れてないよ」

自信ありげに言う美香のお腹回りを見ると、うっすらと腹筋が浮かんでいる。

ＭＭ社の社員はトレーニングをしている者が多いので、美香もまた支社にいるときもちゃんと鍛えていたのだろう。

「見る？」

「は、はい」

少し淫靡な瞳になって言った女先輩の言葉に一成は反射的に頷いていた。

ブルーのカップから白い乳肉をはみ出させる乳房の全貌を早く見たい。

息を荒くする一成の腰に跨がる美香は、背筋を伸ばしたままブラジャーを豪快に外した。

「おおっ」

ブルンと弾け出てきたその巨乳は彼女の言葉通り、美しい丸みを保って盛りあがっている。

色素が薄い小粒な乳頭部がツンと上を向き、下乳のあたりが張り切っている。

「あとでいくらでも触っていいよ。でも先に私が」

スカートのホックを外した美香は脱ぎながら、身体を後にずらしていく。

ブラジャーと揃いの濃いブルーのパンティだけの姿になった美香は、一成のベルトに手をかけてきた。

「美香さん……」

一成はそのまま彼女に身を任せていた。美香は嬉々とした様子で一成のズボンを脱がし、パンツまで剝ぎ取った。

「わっ、相変わらず大きいねえ」

美しく白い巨乳に魅入られ、すでにギンギンの状態になった肉棒が勢いよく飛び出し、仰向けの一成の股間で反り返った。

「なんですか、その反応は」

「だって大学のころ、合宿の風呂場で見たもん。よくあんなのが入るもんだって思ったわよ」

まるで過去に関係があったかのような態度の美香に一成が文句を言うと、彼女はいたずらっぽく笑いながらその手を怒張に伸ばしてきた。

「でもすごく硬くて逞しい」

いままでの照れ気味の笑顔とはうって変わり、淫らな目つきになった美香はそそり立つ怒張に唇を寄せてきた。

亀頭の先端に軽くキスをしたあと、根元のあたりからなぞるように上に向かって舐めあげていく。

「くう、美香さん」

大学時代のサークルで一番目立っていた美女が、自分の肉棒を舐めていると思うと、一成は気持ちが熱く燃えあがる。

そこにぬめった舌が竿を這って裏筋に達する快感が加わり、もう声を抑えられない。

「いっぱい気持ちよくなってね、一成」

張りの強いFカップをフルフルと揺らし、今度は玉袋を口に含んで美香は転がしてきた。

「そ、そんなことまで、はっ、はうっ」

男の玉を慈しむように舐めてくる美香の舌技に下半身がジーンと痺れていく。

「んん、んんく、んんんん」

喘ぐ一成を時折上目遣いで見ながら、美香はねっとりと玉袋を責め続ける。

なにもされていない肉棒が快感を求めるようにビクビクと引き攣りだした。

「ふふ、可愛い。大きさは凶暴なくらいだけど」

焦らされて脈打つ肉棒に愛おしげな微笑みを向けたあと、美香は満を持したように亀頭部に舌を押し当ててきた。

「はうっ、くうう、そこ、ああ、凄くいいです。うう」

亀頭の裏筋に舌のざらついた部分を押し当て、激しく横に動かしてきた。

焦れていた快感のポイントを強く刺激され、一成は背中が勝手にのけぞるくらい感じていた。

「んんん、んく、んんんん」

美香は一成の顔をチラチラと見ながら、さらに強く裏筋を舐めまくる。

唾液が溢れ出して亀頭のエラのあたりに糸を引き、それが摩擦を滑らかにして快感を増幅させた。

「んんん、もっと気持ちよくなって一成」

こちらも息を弾ませている美香が大きく唇を開いて亀頭部を飲み込んできた。

舌に続いて温かい口腔の粘膜に肉棒が包まれていく。

「んんん、んく、んんんんんん」

野太い亀頭を大胆に飲み込んだ美香は、激しく頭を振ってしゃぶり続ける。

少し茶色が入ったセミロングの髪とFカップだという美しい乳房を豪快に揺らし、音を立てて吸いあげる。

「ううっ、美香さん、くっ、ううううう」

美香の大きな瞳はずっと肉棒のほうに向けられている。苦しいのではないかと思うくらいに顎が開いているというのに、夢中で頬をすぼめている。

「美香さん、うう、たまらないです」

気が強いお姉さんといったイメージの美香が、自分の肉棒を頬をすぼめながらしゃぶる姿に、興奮が加速した。

美優梨や綾乃のときもそうだったが、普段の性格と行為のときのエロさとのギャップがなんとも男の欲情をかきたてるのだ。

「んんんん、ぷはっ、ああ、もう顎が疲れちゃった」

一心不乱なフェラチオを繰り返していた美香が、急に肉棒を吐き出して少し笑った。

このさっぱりとした感じは普段の彼女だが、唇が唾液にまみれて輝いているのがなんともいやらしかった。

「美香さん、今度は俺が」

一成は身体を勢いよく起こすと、美香をギュッと抱きしめたあと、くるりと体を入れ替えた。

青のパンティ一枚の白い身体をカーペットの上に横たわらせ、白く長い両脚の間に潜り込んだ。

「あっ、一成、やん」

美香は少し恥じらった様子を見せたものの、強くは抵抗せずにされるがまま最後の一枚を脱がされている。

あまり濃くはない黒の陰毛が現れ、そのあとにピンクの裂け目が姿を現した。

「すごくエッチな匂いがしてますよ」

スネから下がやけに長い美しい脚。その真ん中にある美香の女の部分はビラが小さめで小ぶりな感じではあるが、もう膣口のあたりはぱっくりと開いている。

そこはすでにねっとりとした粘液にまみれている。一成は身体を屈めると顔を近づけていった。

「こ、こら、匂いなんて嗅ぐな、あっ、口で、あっ、私、シャワーも、ああ」

開き気味の裂け目の上から顔を出しているピンクの突起に舌を這わせると、恥ずかしがっていた美香が急に艶めかしい声をあげた。

いい反応を見せる彼女を見つめながら、一成は自分がされたように突起を舌で転がした。

「ああっ、はあん、だめっ、一成、あっ、あああああ、あああ」

仰向けの身体の上にある乳房はほとんど脇には流れずに見事な丸みを保ち、フルフルと彼女が喘ぐたびに揺れている。

染みひとつない内腿を引き攣らせながら、美香はどんどん声を大きくしていった。

「もうすごく溢れてますよ」

クリトリスを少し舐めただけで、美香の膣口はさらに開き、中から愛液が流れ出してきた。

身体がどんどん男を受け入れるべく燃えあがっているのか、淫臭も強くなっている。

「あっ、だめっ、見ちゃいや、後輩に、こんなに感じさせられて、ああ、恥ずかしいよう、あああん」

いつもおちょくっていた一成に、思うさま喘がされているのが恥ずかしいのか、美香は真っ赤になった顔を何度も横に振っている。

それでも喘ぎ声が抑えられない女先輩を、もっと感じさせたくなるのが男の性だ。

一成は指を二本まとめると、濡れそぼる膣口に向かって突き立てた。

「ああっ、はあぁん、それだめ、ああっ、あああぁ」

ヌメヌメと淫靡な動きを見せる膣口は、男の太い指ものともせずに飲み込む。

愛液が潤滑油の役割を果たしているのか、指はすぐに膣奥に達する。一成はそのまま子宮口のあたりをノックするように揺さぶった。

「はああん、あっ、ああっ、そんな風に、あっ、あああぁ」

ここでも美香は見事な反応を見せて、腰を大きくよじって甘い泣き声をあげる。

いつもは強気な感じの表情も一変し、大きな二重の瞳も妖しく潤んでいた。

「ここですね、美香さん」

「あうっ、そこ、ああっ、はあああん、ああっ」

膣奥の上側を刺激すると美香はさらに強い反応を見せて、白くスレンダーな身体をのけぞらせる。

巨乳が大きく弾み、先端にある乳首が尖ったまま淫らに踊っている。

「ああっ、はあああん、同じところばかり、ああっ、おかしくなる、ああっ」

もう美香はされるがままに快感に翻弄されている感じで、唇を大きく開いて白い歯を覗かせながら、なよなよと首を振っている。

息も絶え絶えな感じで額には少し汗まで浮かんでいた。

「美香さん、すごくエロいです」

そんな女先輩のよがり泣きに一成の興奮もピークだ。膣奥に突っ込んだ二本の指を、腕全体を使って激しくピストンする。

粘っこい音が膣口から響き渡り、掻き出された愛液がカーペットに糸を引いていた。

「あっ、ああっ、このままは、ああっ、いやっ、ああっ、一成、ああ」

もう限界寸前といった様子の美香が、彫りの深い瞳を大きく開いて一成を見つめてきた。

「はい」

言葉にしなくても彼女の思いを察した一成は、指を秘裂から抜き取って頷いた。

指が去ったあとも美香の膣口は開いたままで、愛液にまみれた肉厚の媚肉がウネウネと脈動している。

一成はそこに吸い寄せられるように、勃起したままの怒張を押し当てていった。

「あっ、ああっ、一成、あっ、あああああん」

昂ぶりきった亀頭が膣口を大きく押し開いて中に入っていく。

同時に美香は覆いかぶさる一成の腕を強く握り、淫らな声をリビングに響かせた。

「すごく熱いです、美香さんの中、くっ」

ついそう口にしてしまうほど、美香の膣内はドロドロに蕩けていて、濡れた媚肉がねっとりと肉棒に絡みついてくる。

気を抜けばすぐ暴発しそうな快感を堪えながら、一成はさらに腰を前に押し出した。

「あっ、ああっ、一成のも、あああん、大きい、あっ、ああっ」

怒張が進むたびに美香は喘ぎ声を激しくし、巨乳を踊らせながら身体をよじらせている。

時折、一成のほうを見つめてくる瞳がなんとも色っぽい。

「もうすぐ奥まで入ります。くう」

一成は仰向けの彼女のしなやかな脚を抱えて固定し、力を込めて一気に肉棒を膣奥に打ち込んだ。

「あっ、はあああん、深い、あっ、あああああ」

美香は背中を弓なりにして、一際大きな嬌声をあげた。白い歯を食いしばり、瞳を大きく見開いて息を詰まらせている。

「大丈夫ですか、美香さん」

竿の根元まで彼女の中に入れ終えた一成も息が弾んでいる。ただ美香のほうはもう瞳も虚ろにしているので少し心配になった。

「う、うん、平気だよ。うふふ、一成とほんとうにひとつになっちゃったね。こんなことはないだろうって思ってたけど」

半開きの唇から荒い息を吐きながら、美香は上にいる一成を見つめてきた。

その少し切なげな表情が彼女の思いを伝えてきた。

「僕もです。興奮しすぎて、いま必死で動くの我慢してます」

一成は笑顔で見つめ返した。美香の気持ちになにか言葉で答えるのは無粋なような気がした。

「あはは、いい、好きなときにイッて。今日は平気な日だからさ」

表情を一変させた美香は茶目っ気たっぷりにそう言った。

「でもすごく深くまで来てるよ。どうしよう乱れちゃうかも」

仰向けのまま美香は自分のお腹のあたりを手のひらで撫でて、照れくさそうに笑った。

「たくさんエッチになってください。僕もそのほうが嬉しいです」

一成はあらためて美香の太腿を抱え直し、肉棒を大きなストロークで動かした。

「あっ、ああっ、一成、あっ、あああん、すごい、あっ、ああ」

最初はゆっくりと、亀頭のエラを擦りつけるように腰を動かす。

血管が浮かんだ肉竿が膣口から姿を見せては沈む。そのたびに愛液をかき混ぜる粘っこい音があがった。

「あっ、はあああん、ああ、いい、ああっ、あああ」

徐々にピストンのスピードを速くすると、美香の息づかいも荒くなっていく。

白い身体がピンクに上気し、乳首を硬く勃起させた張りの強い巨乳がフルフルと波を打った。

「美香さんの中、くうう、すごく狭くなって」

肉棒に歓喜する美香の中は、ねっとりとした媚肉が愛液にまみれながら絡みついてくる。

亀頭のエラや裏筋が甘く擦られ、頭の先まで快感が突き抜けていった。

「ああっ、私の中、あああん、一成のでいっぱいになってるよう、ああっ」

もう一成にしがみつくような感じで美香はずっとよがり泣きを続けている。ブラウンの入った髪を振り乱し頭を何度も横に振っていた。

「もっと深くにいきますよ」

彼女をさらに感じさせようと、一成は美香の腰を抱えて持ちあげた。

そのまま自分はカーペットに座ったので、体位が対面座位に変わった。

「はああああん、これ、深い、あっ、あああ」

亀頭がさらに深く貫く。無理はすまいと一成はピストンをしていないが、美香は歓喜の悲鳴をあげながら、大きく背中をのけぞらせて乳房を踊らせた。

「はあはあ、すごいね一成のは。ねえ、そのまま横になって」

しばらく快感に目を泳がせていた美香だったが、少し自分を取り戻したような感じで一成の肩を押してきた。

「えっ」

息も絶え絶えの状態だったのに急に復活した様子の美香に驚きながらも、一成はされるがままにカーペットに仰向けになった。

肉棒は入ったままなので、横たわる一成の股間に美香が跨がる体勢になった。

「私が動いてあげる、一成はなにもしなくていいからね」

淫靡な笑みを浮かべたあと、美香は自ら身体を上下に動かし始めた。Ｆカップのバストが弾み豊満なヒップが一成の股間にぶつかって音を立てる。

「あっ、ああっ、すごい、ああん、いい、ああっ、おっきい」

ガチガチの巨棒を蕩けた顔で貪りながら、美香はどんどん身体の動きを大きくしていく。

なにかを考えてというよりは牝の本能のままに動いているといった感じで、半開きの唇から荒い息を漏らし、上下の動きだけでなく腰を前後にも揺すってきた。

「くう、美香さん、ううっ、それすごい、くうう」

うっすらと腹筋が浮かんだ白い下腹部が小刻みにグラインドすると、狭い膣道の奥に亀頭が擦りつけられる。

その甘く激しい刺激に一成は仰向けで伸ばした脚をよじらせて喘いでいた。

「か、一成、気持ちいい、あっ、私も、あああん、いい、いいわ」

乳房同様に張りの強いヒップが円を描くように肉棒の上で踊る。鍛えているというだけあって美香は白い肌が汗に濡れてもバテた様子はない。

「ああっ、ああああん、奥が、あああん、すごくいいの、あっ、あああ」

大きな瞳を蕩けさせ艶のある声を一人暮らしの部屋に響かせながら、美香はもう完全に悦楽に溺れている。

白い肌が汗に濡れ光り、股間のほうからも愛液が溢れて二人の陰毛にまとわりついていた。

「くうう、すごいです、ああ、美香さん」

一匹の牝と化した先輩の、女の肉を使ったしごきあげに、一成は息を詰まらせ快感に喘ぎ続ける。

見あげると見事な球形を保っている巨乳が、千切れんがばかりに踊り狂っていて、その姿もまた男の心を燃やした。

「うう、美香さん、僕も」

ドロドロに蕩けた媚肉の中で怒張はもう痺れきっている。一成もまた本能に導かれるように自分から腰を突きあげた。

「あっ、ああっ、一成、あっ、あんたまで、動いたら、ああっ、おかしくなる」

亀頭が最奥を強く突き、美香が巨乳を弾けさせながらのけぞった。

よほど快感が強かったのか、瞳が泳いで視点が定まっていない。

「む、無理です、美香さんの中が気持ちよすぎて、うう、くうう」

もう自分でも身体をコントロール出来なくなり、本能の赴(おもむ)くがままに一成は下から激しく怒張をピストンさせた。

亀頭が濡れた粘膜に擦りつけられ、竿の根元まで熱く痺れていた。

「あああん、一成、ああっ、私もすごく気持ちいい、ああっ、こんなになったの初めて、あっ、ああ、もっと、もっとしてえ」

美香のほうもあらん限りの力を振り絞る感じで、両脚で一成の腰を挟んでいる下半身を激しく上下に揺らしてきた。

二人のタイミングがぴったりと合い、肉棒がこぼれる寸前まで膣口から姿を見せては、根元まで突きささるを繰り返した。

「あああん、狂っちゃう、一成、ああっ、ああ」

「美香さん、くうう、あああ」

快感に蕩けた瞳で見つめ合いながら、二人はこれでもかと股間を叩きつけ合う。

もう全身には汗が流れ、呼吸も苦しいのに腰が止められなかった。

「あああっ、イク、もうイクわ、あっ、ああぁ、イッちゃう」

濡れ光る巨乳を踊らせ美香が先に限界を叫んだ。彼女は両手を差し出すと一成の手を握って指を絡ませてきた。

「ううっ、僕ももう無理です、一緒に、おおおおお」

彼女の手を握り返しながら、自分の上にいるしなやかな女体を力の限りに突きあげた。

「あああっ、一成、あああっ、出して、あああっ、一成が私の中にいる、あああっ、やっと来てくれたのう、あああ」

騎乗位で跨がる身体を断続的に弓なりにしながら、美香は夢遊病者のように虚ろな目で叫んでいた。

なにかを考えての言葉ではないのだろう。そのぶん彼女の心の奥から溢れた本音であるように思えた。

「出しますよ、ううう、おおお」

ただ一成のほうも快感に頭が回らない。欲望のなすがままに腰を上下に動かし、痺れた肉棒をねっとりとした女肉に打ち込んだ。

「ああああっ、イク、イッちゃう、ああっ」

指を絡めた手をギュッと握り、汗まみれの巨乳を千切れんがばかりに揺らして美香がのけぞる。

「イッ、イクぅううううう」

一拍おいて、一際大きな絶叫を響かせた美香は、騎乗位の白い身体をビクビクと痙攣させた。

唇が大きく開いてピンクの舌が覗き、髪が乱れた頭がガクンと後ろに落ちた。

「くううう、僕も出ます、イク」

ほとんど同時に一成も限界に達し、熱い精を彼女の最奥に向かって放った。

肉棒が強い脈打ちを見せ、足の先まで痺れが走って、もうおかしくなってしまいそうだ。

「あああっ、すごい来てる、あああ、一成の精子、あああっ、いい、あああっ」

快感の強さに比例するように精液の量も勢いも強くなっていた。

美香はそれを膣奥ですべて受け止めながら、歓喜の表情を見せエクスタシーの発作に震えている。

「あああん、一成、あああっ、もっと出して、ああっ」

「美香さん、くうう、ううう」

激しい発作に息を詰まらせながらも、美香は微笑みさえ浮かべながら腰を前に突き出してきた。

どこまでも淫らな女先輩に魅入られながら、一成は何度も精を放ち続けた。

第五章　マゾ後輩と巨乳先輩　身を灼く3P

「そろそろちょっとくらい動いておかないとな」

仕事にプライベートに忙しい日々が続いていた一成は、ある日ふと思い立ち、社内にあるジムへ向かった。

このところ、すっかりトレーニングもさぼってしまったが、営業先であるジムのトレーナーたちは皆めざといので、たるんでいたりすると、すぐに突っ込まれたりする。トレーニング用の栄養補助食品を扱っている人間としては、いつまでもたるんではいられないのだった。

「あっ」

筋トレをするべくジムに入ると、すでに先客がいた。もちろん女子社員とはあまり会いたくないから、誰もいない遅い時間に来たのだが。

「お、お疲れ様です」

しかもその先客は日菜子だった。Ｔシャツにハーフパンツ姿の彼女はマシンに座って胸の筋肉のトレーニング中だ。

息を弾ませる女上司にいちおう、挨拶だけして一成はストレッチスペースで脚を伸ばし始める。

「ん、ん、ん」

日菜子は会釈だけで応えてトレーニングを続行している。けっこう負荷(ふか)をかけているのか、きつそうだ。

（気まずいな……でも……）

相変わらず日菜子にはよく怒鳴られていて、同じ課の先輩からも、なにかあったのかと心配された。

先日など、綾乃から辛かったらうちの課に来られるように計らおうかとも言われたが、即座に断った。

（気になってしょうがない……いくら嫌われていても）

色白の肌、すっきりとした高い鼻に切れ長の瞳、その部分は清楚なのに唇は厚めで淫靡な感じがする。

同じ社内で他にも三人の女性と関係を持ち、しかも日菜子にはあの日以来、怒られてばかりだというのに、彼女から目が離せない。

（結局、好きなのか俺は）

どうにもならないとわかっていても、感情は抑えられるものではない。

ストレッチをしながら一成は、心臓の鼓動がどんどん速くなっていくのを自覚していた。

「ん、ふ、ん、ん」

マシンから降りた日菜子は、今度はバーベルを持ってスクワットを始めた。

彼女の身体が引き締まっているのは、こうしてマメにトレーニングをしているからかもしれなかった。

（お尻が……）

バーベルを担いで膝を曲げて伸ばすを繰り返すスクワットは、背中を反らせてお尻を突き出すようなフォームをとらないと腰を痛めてしまう。

日菜子はこちらに背中を向ける体勢なので、ハーフパンツの巨尻にパンティのラインが浮かぶ姿が、真正面からかぶりつきだ。

（ほんとに俺、この人としたんだよな……）

Hカップだと言っていた巨大な乳房、そしていま緩めのパンツすらはち切れそうになっている熟れた桃尻、それらの身体を抱きしめ思うさまに突きまくった。

まだあのときの柔らかい感触が生々しく手に残っていた。

「なによ、じっと見て」

女の淫靡さを凝縮したようなボディに見とれていると、スクワットを終えて振り返った日菜子がドスの利いた声で言った。

「い、いえ、なんでも」

日菜子の目つきの怖さに一成は思わず目を伏せた。変態男に身体を見られて不快に思っているのだろうか。

「はっきりしないわね」

日菜子はあきらかに怒った顔でこちらに近づいてきた。

Ｔシャツの下でＨカップのバストがブルブルと揺れているのが視界に入り、いけないと思いつつも気になってしまう。

「言いたいことがあるなら、ちゃんと言いなさい」

ストレッチ用のマットに座っている一成を見下ろす形で、日菜子は仁王立ちしている。

ただ少しいつも仕事中に怒られるときとは、顔つきが違う気がした。

（あれ？）

切れ長の瞳が怖いのは同じだが、頬は少し赤くなっていて、なんだか照れている感じに見えた。

なぜ日菜子が恥ずかしがっているのかよくわからないが、あの日、セックスをした際の様子と重なった。

「な、なにか言いなさいよ」

声の強さもなんとなく違う。唇を尖らせてちょっと拗ねたような様子が可愛い。

「そ、そんなこと言われても」

一成は答えなど出てこない。まさか、お尻に見とれていました、などと口に出来るはずがなかった。

「いつもあなたは……私だって……」

なんだか声もうわずっている日菜子がさらになにか言おうとしたとき、一成の横に置いてあったスマホが突然鳴りだした。

「あっ、はい、お世話になっております。明日ですか？」

一成は慌ててスマホを手に取って電話に出た。

相手は得意先のジムの店長からだ。サラリーマンとしては遅い時間だがフィットネスクラブなどは営業しているので電話がかかってくることもある。

なんとも微妙な顔をして立つ日菜子に会釈をしてから、一成はほっとする思いで廊下に出た。


「ほんとにいいんですか、こんな高そうなところ」

金曜の夜、一成は美香に誘われて、あるホテルのレストランにいた。

市内でもけっこう名の通ったホテルのイタリアンレストランでワインとコースをご馳走になっている。

会計はすべて美香が持つからと言われて、連れてこられたのだ。

「この前のお礼だよ。ほんとうにありがとう一成」

今日はレストランを意識してか、シックなワンピース姿の美香がテーブルを挟んで微笑んでいる。

レストランの雰囲気からしてけっこう値段も張りそうだが、彼女は元彼を追い払ってくれたことをほんとうに感謝しているからと言った。

「あれから連絡はないんですか？」

彼女の元恋人とバーで遭遇した日から二週間くらい経つ。ほんとうに諦めたのだろうかと気にはなっていたが、デリケートな問題なのでなかなか聞きにくかった。

「うん、電話もメールもなにもないよ、迷惑かけたね」

明るい笑顔で笑って美香はワインを口に運んでいる。一成もほっとする思いだ。

（それにしても……）

美香のワンピースは濃いめの生地が身体のラインにフィットしたタイプで、彼女のスタイルのよさが際立っている。

その上、派手目なはっきりとした顔立ちの美形なので、どうしても人目を引く。他にもカップルで来ている人もいるが、男のほうが彼女をチラチラと見ているくらいだ。

「どうしたのよ、もっと呑みなさいよ」

ただ中身のほうはいつもの美香と同じだ。明るい声で一成にワインを勧めてくる。大学時代と変わらない女先輩と向き合っていると、どこか安心感があった。

「あっ、ごめん」

彼女が身を乗り出した際にテーブルの下でお互いの脚がぶつかった。

そこで少しはにかんだような笑みを見せた美香に、一成はドキリとしてしまう。

美香は笑みを浮かべたまま上目遣いでこちらを見ている。

（どうしよう、ほんとうに可愛い）

静かめのクラシック音楽が流れるレストランで見つめ合うと、恋人同士のような空気が流れていく。

その雰囲気に飲まれて、一成は胸の奥が熱くなっていった。

「ねえ一成、このあとも時間あるよね」

しばらくこちらを見つめて黙っていた美香が、恥ずかしげに目を伏せながら呟いた。

「は……はい、大丈夫です」

もうためらう気持ちなど微塵も起こらず、一成は頷いて目の前のワイングラスを一気に飲み干した。

「えっ、ここってスイートなんじゃ」

ホテルの上階にあたるフロアでエレベーターを降りると、あきらかに毛足が深い絨毯が敷かれた廊下と、ドアとドアの間隔が広い光景が広がっていた。

ホテルのことに詳しいわけではないが、すぐに高級な部屋ばかりのフロアだとわかった。

「お礼って言ったでしょ、ほらこっち」

さらには廊下に花や絵画まで飾られていて、完全にびびっている一成を尻目に美香はどんどん歩いていく。

「でも、いったいいくらするんですか？」

「びっくりするような金額じゃないわよ。それに今日は私の奢りって言ったでしょ」

「は、はあ」

足が沈んでいくような感触の絨毯を、一成はタイト気味なワンピースに包まれた美香のプリプリとしたヒップを見つめながら歩いていく。

もし誰かに遭遇したら召使いと若奥様だと思われそうな姿だ。

「ここよ」

美香はある部屋の前で立ち止まると、ドアにカードキーを差し込んだ。

「うおっ」

中に入ると一成が仕事で泊まったりするようなホテルの部屋の倍以上はあるような通路があり、そこを抜けると大きなソファーや大型テレビがあるリビングルームのようなスペースになっていた。

「あ、どうでした？　お食事のほうは」

美香に続いて一成が中に入ると、ソファーから誰かが立ちあがった。

「へ……美優梨ちゃん……」

セミロングの美しい黒髪にくりくりとした大きな瞳、小柄でスレンダーな身体に今日は薄いブルーのノースリーブのワンピースを着ている。

幼げな顔によく似合っているが、それよりもなぜ彼女が部屋にいるのか、驚きのあまり一成は固まり、美香の前なのに彼女をつい下の名前で呼んでしまった。

「私の祖父がここのホテルの共同経営者の一人なんです」

ニコニコと微笑みながら、美優梨は一成の前に近づいてきた。ノースリーブから伸びている柔らかそうな白い二の腕が、なんとも艶やかだ。

「会社ではあまり言ってないみたいだけど、美優梨ちゃんはかなりいいところのお嬢様なんだよ。実は彼女のおかげで、レストランもこの部屋もかなり割引だったんだ」

美香は一成の前に回り美優梨の肩を抱くと、楽しげに笑った。

タイプの違う二人の美女がフォーマルな服装で並ぶ姿はなんとも華がある。

「そ、そうですか……」

高級なコースにワイン、そしてこの一泊いくらするかわからないようなスイートルームで過ごせるのが美優梨のおかげだというのはわかったが、それよりももっと重大なことがある。

自分がすでに肉体関係を持った二人の女がなぜ目の前で並んでいるのか。その理由はわからないがとにかく逃げたほうがよさそうだ。

「ええっと、料理たいへん美味しかったです。では失礼します」

一成は頭を下げて出入り口に身体を向けた。

「ちょっとなに言ってんのよ。お楽しみはこれからでしょ」

早足でこの場から消えようとした一成だったが、美香に服の襟を摑まれて引き戻された。

「私がいたらお邪魔でしたでしょうか?」

続けて美優梨ががっちりと一成の腕を抱えてきた。

二人ともに会社のジムでトレーニングしているらしく、細身な見た目に反して力が強い。とくに美優梨は、小柄な身体や可愛らしい顔立ちからは意外なほどだ。

「いや、そういうわけじゃないけど。ちょっと用事を思い出して」

少し落ち込んだ顔をしている美優梨に一成はとっさにそう口にした。一成もパニックを起こしそうで気の利いた言葉が出てこない。

「まあとりあえず座りなよ、一成」

そんな後輩を美香がグイグイと引っ張っていく。ここも信じられないくらいにフワフワとしたソファーに一成は座らされた。

「あんたさっき、このあとも大丈夫って言ってたじゃん」

美香はいたずらっぽく笑いながら、一成の隣に腰を下ろして腕に抱きついてきた。焦りまくる一成を見るのを楽しそうにしている。ということは美優梨との関係もすでに知っているのだろう。

(俺をどうする気だ)

目の前の二人が急に豹変して、複数の女とセックスをしただらしない男を吊しあげるつもりなのだろうか。

彼女たちの意図が読めず、一成は目を泳がせて戸惑うばかりだ。

「ふふ、それにしても、あんたびびりすぎ」

そんな一成がおかしくて仕方がないという風に、美香が声をあげて笑った。

「ごめんなさい一成さん、私、あの屋上でのこと全部、美香お姉さんに話してしまいました」

美優梨は申しわけなさそうに両手を合わせて頭を下げた。

「へっ、お姉さん」

美香と美優梨が姉妹だという話は聞いたこともない。同じ社内だからそんなことはすぐに伝わってきそうなのに。

「美香さんが経理部に来られてからいろいろと優しくしてもらってて。私、一人っ子なので、お姉さんが出来たようで嬉しかったんです」

嬉しそうに目を輝かせて美優梨は美香を見た。美優梨は入社一年目だから、本社に戻ってきた美香と初めて一緒になったはずだ。

それで姉としたっているのだから、よほど意気投合したのだろう。

「この前私の家に泊まりに来てさ、屋上でのこと聞いちゃった」

ぺろりと舌を出した美香は、あんたも相変わらず変態だねと大笑いだ。

「で、私も一成としちゃったって話したのよ。それでさ、じゃあいっそのこと三人でするって話になったのよ」

「えっ、えええっ、なんでそんな話になるんですか！」

二股をかけていたことがバレて修羅場になったのは知り合いにもいたが、複数プレイになったなど聞いたことがない。

もう一成はぽかんと口を開いたまま言葉も出てこなかった。

「だってどっちも正式に付き合ってるわけじゃないし、そういうのもいいんじゃないって話になったのよ、酔っ払ってたし」

家呑みで泥酔した美香が言い出しそうな話だ。普通なら美優梨のほうが受けないだろうが、なにしろ彼女は……。

「美香さんの前で一成さんにボロボロにされると思うと、ゾクゾクしてきます」

そう真性ドMの変態娘なのだ。美優梨は妖しく目を輝かせると、イヤリングを外し始めた。

「い、いや、俺はまだやるって言ってない」

同じ社内の女二人と、いや綾乃や日菜子を含めると四人と関係を持っているだけでもまずいのに、この上3Pなどしたらさすがにやばいと一成はビビってしまう。

「ふふ、いいの？　こんなチャンス二度とないかもよ」

腰が引けている一成にねっとりと視線を絡ませながら、美香はソファーから立ちあがりワンピースを肩からずらしていく。

「おおっ」

そのまま足元にワンピースが落ち、すらりとした白く長い脚、そして見事に均整が取れたボディが露わになった。

いま彼女が身につけているのは、黒のブラジャーとパンティだけなのだが、ブラのカップは乳房の半分ほどまでしか隠しておらず、パンティも腰のところが紐になっていて、股間に三角形の布があるだけだ。

一成は思わず変な声をあげると、目を見開いて固まった。

「私も、はあはあ、すいません、もう興奮が収まりません」

こちらは幼げな丸い瞳を妖しく輝かせ、もう息を荒くしている美優梨が服を脱ぎ去っていく。

中から現れたのは、白いキャミソールに包まれたスレンダーな身体だ。

ただ太腿の付け根のあたりまでの丈のキャミソールはシースルー生地で出来ていて、小ぶりな乳房とピンクの可愛らしい乳首が完全に透けている。

「失礼します」

股間だけは美香と同じような形の白い紐パンティで隠している美優梨は、頬を赤くしてソファーに座った一成を見つめながら、厚めの絨毯が敷かれている床に膝をついてきた。

驚くほど滑らかな動きで、座った一成の両脚の間に身体を入れ、ベルトを緩めた美優梨はそのままパンツまで引き下ろした。

「美優梨ちゃん、ちょっと、く……」

戸惑う一成にお構いなしに美優梨はこぼれ落ちた肉棒をしゃぶり始めた。

小さな唇をこれでもかと開くと、愛おしそうに目を細めながら亀頭を飲み込んでいった。

「んんんん、んく、んんんんん、んん」

頬をすぼめて吸い込みながら、黒髪を揺らして大胆にしゃぶっていく。

一成の腰をがっちりと摑んで頭を振る美少女の淫らさに、肉棒が一気に硬化していった。

「ふふ、エッチなフェラチオね。一成もそう思うでしょ」

肉棒の根元が締めつけられるような快感に脚をよじらせる一成に寄り添って座る黒下着の美香が耳元で囁いてきた。

小さめのカップから上半分が完全にはみ出している白い乳房が、一成の腕に押しつけられていびつに形を変えた。

「そ、それは、くうう、ううううう」

まずいという気持ちも残ってはいるが、美女二人にまとわりつかれながら肉棒を吸われる快感はとてつもなく、一成はもう考えることを放棄していた。

「んんんん、んく、んんんんん」

「一成、ねえ、いいでしょ」

そこに加えて美優梨が激しく頭を振り、美香が一成の首筋から耳のあたりを舐め回してきた。

「は、はいいいい、もうなんでもいいです」

膝が砕けそうになるくらいの快感に屈し、一成は気がついたらそう叫んでいた。

「あっ、ああ……一成さん、やっ、あああああん、そんな風にされたら」

スイートルームのベッドは別室にあり、一成たち三人が同時にのっても余裕があるようなサイズだった。

そこで一成は四つん這いになって、お尻を突き出している美優梨の股間に指を押し込んでいた。

「すごく食いついてくるよ、美優梨ちゃん」

もう開き直った思いで、一成は美優梨の媚肉に指を二本挿入しピストンしている。

「あああん、ごめんなさい、美優梨はエッチな子です、あああああ」

パンティは脱いでいるがシースルーのキャミソールは身につけたままの美優梨は、犬のポーズの身体をよじらせて喘いでいる。

マゾの性感も燃えているのか、中はもうドロドロで一成の指が動くたびにクチュクチュと音を立てていた。

「すごいね、なんか別の生き物みたい」

ベッドに膝立ちになり、美香が興味津々に美優梨の股間を覗き込んできた。

「あっ、いやっ、美香さん、ああぁん、見ないでえ、恥ずかしい」

言葉ではそう言ってはいるものの、美優梨の声は大きくなり媚肉の締めつけもさらに強くなった。

白いキャミソールをひらひらとさせて、小さめのヒップが横揺れを見せた。

「ほんとに見られて興奮してるんだ。すごい」

同性の美香は美優梨の燃えあがりを強く感じているのか、目を大きく見開いて凝視している。

そして黒のセクシーな下着姿の身体を小さくよじらせ始めた。

「美香さんのここだって同じでしょう」

それをめざとく見逃さなかった一成は、美香の紐パンティの中に空いているほうの手を滑り込ませた。

「あっ、いやっ、私はまだ、あっ、あああっ」

陰毛を掻き分けて女の裂け目を捉えると、くちゅりと音がした。

彼女もまた後輩の痴態を目の当たりにして興奮していた様子で、一成はすっかり熱くなっている美香の膣口を指でかき回した。

「あっ、いや、一成、ああっ、だめって、あっ、あああぁ」

快感の声をあげた美香はそのままへなへなと崩れ落ちるようにベッドに両手をつく。はからずも美女二人がお尻を並べて四つん這いとなった。

「ああん、美香さん、あっ、あああぁ」

「あっ、ああぁあっ、だめっ、あぁあぁっ、そんなに激しく、あっ、あああ」

美優梨が手をさしだし、美香がそれを握り返す。

一成は美香のパンティをぺろんと剝がして膝まで下げ、あらためて濡れそぼる媚肉を指でピストンした。

「ああっ、はあああん、奥、ああっ、いい、あああ」

美香も完全に燃えあがり、淫らな喘ぎを豪華な造りのベッドルームに響かせている。

黒のブラジャーだけの上半身が蛇のようによじれ、染みひとつない背中がピンク色に染まっていった。

(すごい……)

美優梨の小ぶりながらプリプリとしたお尻と、美香の鍛えられた感じのする重量感のあるヒップ。

その谷間からセピア色のアナルが覗き、その下には二人同じようにドロドロに蕩けた媚肉がある。普通は同時に見ることのない、美女二人の股間を見下ろしながら、一成も指に力が入った。

「そろそろいくよ、まずは美優梨ちゃんからだね」

ベッドに乗る前に美香が最初は美優梨からね、と声をかけていた。

そのころは３Ｐをすることにまだためらいがあった一成だったが、もうそんな考えは吹き飛んでいた。

「あっ、一成さん、ああっ、嬉しいです。その大きいので美優梨を狂わせて」

こちらも恥じらいを捨てたのか、いや、その羞恥心がマゾの昂ぶりを刺激しているのか、美優梨は目を蕩けさせ微笑みさえ浮かべながら後ろを振り返った。

可愛らしい唇もいまはだらしなく開き、端からはヨダレも滴っている。一成は牝となった美少女の表情に導かれるように肉棒を押し出していった。

「ああっ、ひっ、ひあああん、太い、あっ、ああああ」

もう受け入れ体勢は万全といった状態だった濡れた秘裂を、いきり立つ怒張が引き裂いた。

驚き混じりの声をあげた美優梨だったが、すぐに激しいよがり泣きを開始する。

「あああん、こ、これ、あああっ、たまりません、ああっ、ああ」

小さな手でシーツをギュッと掴んだ美優梨は、歓喜の表情を後ろに向けたあと、また前を向いて白のキャミソールの背中をのけぞらせた。

ぱっくりと口を開いて怒張を飲み込んだピンクの媚肉に向かってピストンしながら、一成は隣にいる美香の膣内にある指も激しく動かした。

「ああっ、はあああ、だめ、あああっ、私、ああ、あああん」

四つん這いの身体をのけぞらせて美香も息を詰まらせる。よく見ると身体の下でブラジャーのカップからバストが飛び出し、乳首と共に前後に揺れていた。

「ああっ、いい、あああん、すごくいいです、ああっ、ああ」

「ああ、一成、あああっ、あああん」

淫らに燃えあがる二人に興奮しながら一成はさらに手と腰のスピードをあげた。

美優梨の女肉のざらつきが肉棒にある男のポイントを絶え間なく刺激して、腰が震え出す。

(これじゃあ、俺のほうが先にだめになっちゃいそうだ)

彫りが深くて派手目なタイプの美香。色白で乳房やお尻も小さい、妖精のような美少女の美優梨。

まったく違う雰囲気の美しい女が我を失ってよがり狂う姿は強烈に一成の欲情を煽りたてていた。

「あああっ、はあああん、一成さん、あああっ、美優梨を、ああっ、死んじゃうくらいに狂わせてください、ああっ、はあああん」

小柄な身体と小ぶりなヒップをくねらせて美優梨もどんどん感極まっていく。

彼女が頭を下げ気味にしているので、キャミソールがずりあがって、形のいい美乳が姿を見せていた。

「いくよ、美優梨ちゃん、おおお、くうう」

ただでさえ狭い美優梨の膣内が、性感の燃えあがりと共にギュッと収縮する。

射精欲を懸命に堪えながら一成は必死で腰を振りたてた。

「だめっ、あああっ、もう、もうイッちゃう、ああっ、ああ、イク、ごめんなさい、あああっ、美優梨、イキます」

すっかり髪も乱れ、額に汗まで浮かんだ顔をこちらに向けて美優梨が叫んだ。

「イッて、美優梨ちゃん、ううう、俺もイキそう」

グイグイと締めつけてくる媚肉に亀頭を強く擦りつけながら、一成も感極まる。

もう下半身全体が痺れているような感じで制御が利かなかった。

「ああ、お薬飲んでるから、ああん、私もイッちゃう、ああっ、美優梨ちゃんも」

お薬とは避妊薬のことだろう。美香も感極まりながら四つん這いの身体をのけぞらせた。

「な、中に出してください、あああっ、美優梨の子宮に精子下さい、ああ」

「い、いくよ、おおおおお、出すぞ、美優梨」

彼女の求めに応じ、一成は強く怒張を膣奥に突き立てた。

「はあん、深いいいい、イク、イクううううう」

シースルーのキャミソールが絡みついてる状態の四つん這いの身体をのけぞらせ、美優梨は最後の絶叫を響かせた。

白い肌が激しい引きつけを起こし、上気した桃尻が波を打って震える。

「ああっ、私も、あっ、ああっ、イク」

ほとんど同時に美香も極みにのぼりつめ、ベッドについている両手脚をガクガクと痙攣させた。

「くうう、俺も、もう無理、くう、イク」

一成は美優梨の腰を強く摑んで固定し、亀頭を濡れた膣奥に押し込みながら怒張を暴発させた。

「くうう、すごい、美優梨ちゃん、くう、うくう」

小刻みな痙攣を見せている美少女の狭い媚肉に溺れながら、一成は何度も精を放っていく。

亀頭のエラや裏筋を濡れた粘膜がくすぐってくるような感じで、肉棒が蕩けていくような心地よさだ。

「ああっ、あああん、来てます、あああっ、一成さんの、ああっ、子種が、ああ」

一成と同様に美優梨もまた精液に酔いしれたような表情を見せながら、何度も犬のポーズの白い身体をのけぞらせた。

「あっ、ああああん、美優梨のお腹の中、ああ、一成さんの精子でいっぱい」

そしてようやくその発作が収まると、美優梨はベッドに崩れるように横たわった。

白いキャミソールの身体はまだ小さく震えていて、開いたままのピンクの膣口からは白い精液が溢れ出していた。

「私も、ああ……一成、激しすぎ」

美香もまた力を失って、黒のブラジャーからＦカップのバストが飛び出しているグラマラスな身体を投げ出した。

「はあはあ……はああ」

一成は、半開きになった唇から荒い息を吐いて並ぶ美少女と美女を見下ろしていた。

(俺どんどんまずい方向に向かっているんじゃ……)

同じ会社の女性たちと連続して関係を持っただけでなく、３Ｐまでしてしまうとは。

射精の余韻も醒めてくると、一成は自分がどんどん深みにはまっていっているような気がして怖くなった。

第六章　憧れの課長と繋って

「あら一成くんじゃない。また元気なさそうな顔して」

営業から帰ってきてエレベーターに向かって通路を歩いていると、綾乃に遭遇した。今日はパンツスーツ姿の綾乃は一成を見つけるなり、駆けてきた。

「え、ま、まあ、ちょっと疲れ気味で」

疲労しているように見えるのは、昨日、美優梨と美香と3Pをしたからで、美香が指イキだけで満足するはずもなく、あのあと二人交互に四回戦までさせられたからだ。

「そんなになるまでこき使われて、可哀想。ほんとうにうちの課に来る？」

オフィスでは聞いたことがない猫なで声を出した綾乃は、そっと一成の指に自分の指を絡めてきた。

日菜子に厳しくされているのを知っている綾乃は、前にも一成に移籍するかと誘ってきたことがあった。

「いや、移籍は別に、それに、いまはちょっと」

「えー、そんなに私のところがいやなのお」

垂れ目の瞳でじっと見つめながら、綾乃は微笑みを浮かべ、振り払おうとした一成の手を強く摑んできた。

「なにしてるの綾乃！　うちの部下に」

一成が焦っているのは彩乃のことがいやだからではない、いまはまずいのだ。

そう、今日は日菜子と一緒に営業に行っていたのだ。彼女はメールの返事をしなくてはならないと言って、一成だけ先に車を下ろさせたのだ。

遅れてやって来た日菜子は一成と綾乃が寄り添っているのを見て、眉を吊り上げている。

「あら、いたの日菜子」

日菜子の怒鳴り声を聞いても綾乃はいたって冷静どころか、ちょっと嫌みがこもったような笑みを浮かべて彼女を見つめ返した。

ただ握っていた手はすぐに離してくれた。日菜子からはそこが死角になっていたのが幸いだ。

「うちの子に変なことしないでくれる？」

そんな態度の綾乃に対して日菜子はつかつかと歩み寄ってきつい口調を浴びせる。

同期入社でほぼ同時に課長に昇進。二人は自他共に認めるライバル同士だ。

「あら、あんたのしごきがきつくてお疲れみたいだから、ねぎらっていただけよ。可哀想ねって」

身長差で言えば日菜子のほうが十センチほど高いので見下ろされる形になっているが、綾乃は一歩も引く様子を見せない。

二人の間にバチバチとなにかが弾けているように見えた。

(ひ、ひえええええ)

もちろんだが一成は割って入る度胸などない。というかこの二人の喧嘩に口を挟むなど部長や社長でも逃げ出しそうだ。

「なにをもってしごきと言ってるのかわかんないんだけど、とにかく岡野くんは私の部下だから、あんたがなにか言うのはおかしいって言ってるの」

日菜子はスーツを着ていても巨乳の突き出しが目立つ身体を前に出し、切れ長の瞳で睨みつけている。

「岡野くん、あなたはもういいから先にあがってなさい」

綾乃からいっさい目を離さないまま、日菜子はそう言った。

「そうね、そのほうがいいわ」

綾乃もそこにだけは同意し、呆然となっている一成のほうをちらりと見て微笑んだ。

ただその笑顔がとてつもなく怖かった。

「は、はい……し、失礼します」

自分の話なのにという思いはあるが、二人のあまりの迫力に押されて、一成はすごすごとエレベーターに向かった。

「珍しいじゃない、あんたがそんなに部下に入れ込むなんて。人に頼るのが苦手なタイプじゃなかったっけ」

一成の姿がエレベーターに入っていくと、綾乃があらためてこちらを見て言った。

「関係ないでしょ。どうして綾乃が口を出してくるのよ」

新入社員だったころから互いのことを下の名前で呼び合っているが、友達というわけではない。

ただ憎み合っているのではなく、切磋琢磨する関係なのだが、日菜子は苛立ちが抑えられなかった。

綾乃と一成が二人で寄り添っている姿を見た瞬間、カッとなって怒鳴り声をあげてしまったのだ。

「もしかして、岡野くんのことが好きなの？　あんた」

綾乃は以前から妙に勘が鋭いところがある。いつもの日菜子ではないと察したように、意味ありげな笑みを浮かべた。

「なんでそんなことになるのよ。私の部下だって言ってんの」

即座にそう言い返した日菜子だったが、心中穏やかではない。心なしか声もうわずっていた。

「ふーん、部下ねえ、私、あの子としちゃったけど。いいよね、ただの部下だしプライベートだし」

「なっ」

綾乃と一成がセックスをしたと聞いて日菜子は絶句した。なぜ二人がそんな関係になっているのか、もう考えが追いつかない。

「ふふ、おっきいよね、一成くんのアソコ」

あきらかに狼狽（ろうばい）している日菜子に向かって、ニヤリと笑った綾乃が続けた。

確かに彼の肉棒は規格外に大きかったように思う。それを思い出した日菜子は、一瞬で顔が熱くなった。

「へえ、奥手なあんたにしては、もうしちゃってるんだ。でも恋人ってわけではないってところかな」

「だ、誰もそんなこと言ってないわ」

反論しても声が震え、顔はもう真っ赤だ。綾乃はおそらくカマをかけているだけに思えるが、これでは日菜子も認めているのと同じだ。

「付き合ってはないのよね」

「だから、そんな関係じゃないって言ってる……」

最初の勢いはどこへやら、日菜子はもごもごと口ごもりながら答えていた。

そのくらい一成と綾乃が肉体関係にあるというのがショックだった。

「彼の全部を私がもらうわ、プライベートも含めて。じゃあね」

お互い仕事は出来るほうだが、行動力では綾乃のほうが日菜子より上だ。

手を振って去っていく綾乃は、きっと本気だろうというのはわかった。

「あ……綾乃、まっ……」

彼女を引き留めてなんと言えばいいのか。自分も一成を好きだから、手を出すなと叫ぶのか。

日菜子はどうしていいのかわからず、伸ばそうとした手をギュッと握った。

「今日はなんとか平和な一日だったな」

美香と美優梨との3P。そして日菜子と綾乃の睨み合い。ここのところ続いた状況に、ほとほと疲れ果てていた。

日菜子と顔を合わせたくない一成は、わざと遅くまでアポを入れて外回りしてから社に戻っていた。綾乃に自分がいなくなったあとのことを聞いても、はぐらかされる。

『そんなたいした話はしてないよ。日菜子にちょっと文句を言われただけ』

綾乃からのメールにはそう書かれていた。ただどう考えても、あの雰囲気で平穏に終わっているとは思えなかった。

日菜子のほうはというと、妙に静かで一成にお説教することもなく、微妙な距離感がある。ただそれがかえって怖くもあった。

「あれ、まだ誰か残ってる」

もう皆、退社している時間のはずだが、オフィスにはまだ灯りがついていて、人影があった。

（げっ、課長）

他の課も皆帰宅していて、一成の課の上だけ電灯が灯されている。そこを見ると課長席で日菜子がパソコンと向かい合っていた。

「お疲れ様でーす」

一成はなるべく日菜子と目を合わせないようにしながら、自分のデスクに行き、帰り支度を始めた。

変に刺激してまた向こうが怒りだしたら、面倒くさいことになりそうだからだ。

「ちょっと、なんの報告もないの？　どうしてこんな時間になっているのかしら」

「あ、すいません。Mジムの店長と少し話し込んでしまいまして」

それはほんとうで、もう少し早く帰社する予定ではあったのだが、Mジムにアメリカ製の新しい筋トレ用のマシンが入ったので見せてもらっていたのだ。

直接関係ないとはいえ、そういう知識も営業マンとして持っていると助かることがあるからだ。

「ふーん、どうしてそれを、君は私が聞く前に言えないのかな？　私とは話したくないってわけ」

日菜子は課長席に座ったまま、こちらをじっと見つめて言った。少し暗めのオフィスで見ても切れ長の瞳をした美女であることに変わりはない。

（なんか様子が変だな）

ただいつもお説教をするときとは違い、なんというか怒っているというよりは絡んできている感じだ。

「そんなに綾乃のところに行きたいのなら行けば」

ダークグレーのスーツ姿の日菜子はきつい口調になってきた。感情が剥き出しで、普段、他の社員たちがいる前でお説教されるときもこんなことはない。

「べ、別に僕は行きたいなんて、言ってませんて」

やけに突っかかる感じの日菜子に、一成も少し腹が立ってきて、つい言い返してしまった。

「変態男って言われてる僕としたのが恥ずかしいのはわかりますけど、出て行けみたいなこと言わなくても」

一成も勢いがついてしまい本音を口走ってしまう。やはり自分は日菜子が好きだ。でも彼女が、変態などとレッテルを貼られている自分のことを好きになるはずはないと思っているから、気持ちを抑えているというのに、あまりの言われようだ。

「だ、誰も、そんなこと気にしてない。わ、私は……私みたいなおばさんと若いあなたが付き合ってもいいことないって思ったから」

イスから勢いよく立ちあがった日菜子は、ジャケットを着ていても豊かに膨らんだ胸のあたりに手をあてて、こちらに詰め寄ってきた。

頬も真っ赤になっていて、少し瞳が潤んでいるように見えた。

「もっと若い子と付き合えばいいじゃない。どうして綾乃なのよ」

近づいてきた日菜子に、一成も慌てて立ちあがる。そんな部下の腕を日菜子は強く摑んできた。

(い、言ったんだ綾乃さん)

どうやらこの前、通路で遭遇したときに綾乃の口から一成としたと伝わったようだ。だからあの日以来、日菜子の様子がおかしかったのだ。

(でも怒りすぎだろ……ほんとうに俺に興味がないのなら、ここまで感情的には)

一成とセックスをしたことを忘れたいのなら、他の女としたと知っても無視すればいいだけの話だ。

なのに日菜子はいま、いつもは鋭い切れ長の瞳に涙まで浮かべ、唇を震わせて一成に詰め寄っている。

「どうして私と同い年の女なのよ。馬鹿、最低」

日菜子は摑んだ腕を強く揺さぶってきた。日菜子の溢れる感情が一成の胸を打つ。

「す、すいません。でも僕は変態って言われてるから、課長に迷惑をかけるかなって」

「そんなこと一度も気にしたことない。あなたのほうこそ、私みたいに仕事ばっかりの女、いやでしょ」

唇をぐっと噛みしめる日菜子の頬に涙が流れ落ちていった。

「ぼ、僕は課長が一番好きです、これだけはほんとうです」

一成もまた気持ちを溢れさせてそう叫ぶと、力の限りに日菜子を抱きしめた。

あれから同じ社内で三人の女性と関係を持った自分がこんなセリフを口にする資格はないと思うが、それでも叫んでしまった。

「ずっと僕は」

そのまま一成は日菜子に唇を重ねていく。よく締まった腰を抱き寄せ胸と胸を密着させながら。

「あ……岡野……くん……んんん」

嫌がるそぶりなど微塵も見せずに、日菜子は一成の唇を受け入れる。ずいぶん久しぶりに感じるぶ厚い唇の、柔らかい感触を味わいながら舌を激しく絡ませていった。

二人の他には誰もいない静まりかえったオフィスに、唾液が混じり合う粘着音が響き渡った。

「んん、んく、んんんんん」

日菜子も強く一成の腕を摑んだまま、自らも舌を激しく動かしている。

思いを爆発させるような熱いキスを二人は続けた。

「あ……あふ……ああ……岡野くん……ごめんね、私、だめな女で」

いい歳してあまり恋愛経験もないからと、日菜子は自虐的に笑った。

「課長は、いえ、日菜子さんは最高の女性です。僕の一番です」

彼女のだめなところも含めて一成は惚れている、もう絶対に離れられないと思いながら、一成は彼女の首筋にキスをした。

「あっ、だめ、一成くん、あっ、ここじゃ、いくらなんでも」

キス以上のことをしようとする一成に日菜子が少し喘ぎながら言った。

確かにオフィスには複数の課が並んでいるので、他にも営業に出ているものがいて、遅くに戻ってくる可能性があった。

「はい、日菜子さん」

それは一成もわかっている。昂ぶる思いを抑えながら、一成は日菜子の手を引いた。

「あっ、一成くん、んんん、んく」

二人きりになれるなら、もう場所はどこでもよかった。

最寄り駅の近くにあるラブホテルに飛び込んだ二人は部屋に入るなり、もう一度唇を吸いあった。

一成は片時も惜しいからと日菜子のジャケットを脱がして、そばにあるソファーに投げ、ブラウスのボタンも外していく。

「あっ、一成くん、私、シャワーも」

猛烈（もうれつ）な勢いで自分の服を剝がそうとする一成に、ブラウスも肩からずらされて、上半身は白のブラジャーだけになった日菜子が戸惑いの顔を見せた。

「僕は気になりません。今日は日菜子さんの匂いも全部嗅ぎます」

続けて一成は自分のスーツも脱ぎ捨て、その手で日菜子のスカートのホックを外す。白のパンティとムチムチとした肉感的な腰回り、染みひとつない美しい両脚が露わになった。

「そんな嗅ぐなんて言わないで、あっ、いやっ、きゃっ」

下着だけになった彼女の身体を強引にベッドに押し倒し、一成はパンツ一枚の格好になった。

「だって、日菜子さんともう一度こうしたいってずっと思ってたんですから」

「あっ、一成くん、ああっ、私も、あっ、でも恥ずかしい、あっ」

ベッドに横たわる日菜子のブラジャーを一気に引き剝がすと、驚くほどのボリュームの柔乳がこぼれ落ちた。

「日菜子さん！」

一成は夢中で、仰向けの彼女の身体の上で大きな山を作っている乳房にしゃぶりついた。

両手を使ってHカップの柔肉を揉みしだき、乳首に舌を絡ませていく。

「あっ、ああっ、だめっ、あっ、一成くん、あっ、あああ」

日菜子の瞳が一気に蕩けていく。白のレースがあしらわれたパンティのみを身につけた身体がベッドの上で大きくくねった。

「ああっ、あああ、一成くん、あっ、あああ、そんな風に、あっ」

チュウチュウと音がするほど乳首を吸い、もう一方も指でこね回すと、日菜子は少し狼狽(うろた)えながら何度も首を横に振る。

「私、あっ、あああっ、おかしい、あっ、あああぁ」

男の手のひらでも覆いきれない巨大なバストを波打たせ、日菜子は激しく腰をよじらせ甘い声を響かせる。

乳首はもう完全に勃起し、パンティの股間からは、なにやら淫らな香りまで漂っていた。

「どうしたんです？」

ただ彼女が少し怯えているように思えたので、一成は顔をあげて問いかけた。

「ああ……私、すごく変な声が、一成くんの手が触れてる場所がすごく熱いの」

頬を真っ赤に染めた日菜子は少し目を泳がせながら、不安そうに一成を見つめてきた。普段の仕事のときの自信に溢れるキャリアウーマン姿とは別人のようだ。

「そ、そうなんですか。すごく感じてくれてるんですね」

男の一成に女の感覚はよくわからないが、日菜子が感じすぎている自分に戸惑っているというのは伝わってきた。

「もっとおかしくなってください、そしてエッチな日菜子さんを見せて、んん」

言い終わるか終わらないかのうちに一成は、日菜子の巨乳の先端にある二つの乳頭を指で摘まみ、上に向かって引っ張った。

「ひっ、ひあああ、それ、だめっ、あっ、ああああ」

少し広めの乳輪も、ボリュームのある柔乳も伸びるくらいに強く引っ張りあげたが、日菜子は痛みを訴えるどころか、艶のある悲鳴をあげてのけぞる。

もうなにをされても感じるほどに、日菜子の三十二歳の肉体は燃えあがっている様子だ。

「こっちもしますよ」

先ほどから牝の香りを漂わせる股間。最後の一枚に指をかけた一成は、一気にそれを脱がせる。

白い布が裏返しになって彼女の太腿まで滑り落ちるのと同時に、むあっと女の淫臭が立ちのぼった。

（す、すげえ……）

白い肌と反比例するように濃いめに生い茂った漆黒の陰毛。その下では久しぶりに見るピンク色をした肉唇が口を開いていた。

ただあのときとは比べものにならないくらいの大量の愛液が溢れていて、肉厚の媚肉がヌメヌメと輝きながら別の生き物のようにうねっていた。

「あっ、いやっ、やだ、どうして黙って見てるのよう」

まさに牝の淫具と化した美熟女の秘裂にただ圧倒されていると、日菜子が切なげに腰をくねらせてきた。

「すっ、すいません、日菜子さんのオマ×コがあまりにエッチで見とれてました」

羞恥心が強い日菜子を見ているのが楽しくなって、一成は淫語を口にしながらパンティに指をかけて脱がせていった。

「ひ、ひどい、ああ……そんな風に、あっ、なにを、あっ、ああああ」

当然ながら日菜子はむずかって身体をよじらせるが、その動きを封じるように一成は彼女の両脚の間で身体を屈め太腿を抱える。

そして舌を濡れそぼる媚肉に這わせていった。

「あっ、だめっ、あああ、お口で、あああっ、いまそこは、ああっ、あああああ」

おそらくは自分でもそこがドロドロに蕩けているという自覚があったのだろう。

一成の顔が股間にあることに気がついた日菜子は、大きく目を見開いて腰を逃がそうとしてきた。

「んんん、んんん、んく、んんんん」

逃がすまいと一成は彼女の太腿をがっちりと抱え、クリトリスを舌で激しく転がし、吸いついた。

「あああっ、はあああん、そこは、ああっ、だめえ、ああっ、ああ」

一際大きな声がラブホテルの無機質な部屋に響き渡るのと同時に、日菜子は両脚をガクガクと震わせて腰の動きを止めた。

彼女の抵抗が収まっている隙に、一成は舌責めから指での攻撃に変更する。

「あっ、あああぁ、ああっ、いやっ、音がしてる、ああっ、あああ」

指を二本、膣内に押し込むと、日菜子はあらためてグラマスな身体をのけぞらせる。

おびただしい量の愛液にまみれている媚肉は淫らな音を立て、一成の指に強く吸いついてきた。

「あああっ、はあああん、いや、ああっ、あああ」

いつもは気の強さを感じさせる整った顔を崩壊させ、仰向けの上半身の上で巨大な乳房を波打たせて日菜子はよがり泣きを続ける。

一成は身体を起こしてそんな女上司を見下ろしている。これが見たくて口淫から指責めにかえたのだ。

(別人だ……)

綾乃たちもそうだが、日菜子はとくに普段とのギャップが男心をくすぐる。

真面目で堅い性格の女がどうしようもないという風に感じまくる姿に、一成はつい指にも力が入ってしまうのだ。

「ああっ、だめっ、私、ああっ、だめっ、もうおかしくなるから、ああっ、まって」

二本指を激しくピストンさせ、グチュグチュと粘着音が響くほどかき回す。

強い反応を見せる日菜子が狼狽しているのはわかったが、もう止められなかった。

「ああぁっ、いやあぁ、だめ、ああっ、ああっ、イッちゃう、ああっ、イク」

一気に感極まった日菜子は、自ら重量感のあるお尻を浮かせ、巨乳を波打たせながらのぼりつめた。

浮いた腰がガクガクと上下に痙攣すると同時に、秘裂の上部から透明の液体が吹きあがった。

「あっ、ああっ、いやっ、いやあああぁ」

とんでもない反応を見せた女上司に一成はもう完全に取り憑かれ、懸命に指をピストンさせる。

「あっ、許して、あああっ、だめっ、あああぁ」

その指に掻き出されるようにピンクの股間から熱い潮が何度も吹きあがり、ベッドのシーツを濡らしていく。

腕までもうビショビショになっているが、それでも指が止められなかった。

「あっ、あ、はあああん、あ……あああ……」

潮吹きをするたびに肉付きのいい腰が大きく上下動を繰り返す。そしてゆっくりと桃尻が下がっていき、噴出が収まった。

「ああぁっ、いやあ……」

日菜子は真っ赤になった顔を両手で覆い隠してしまう。自身も息を弾ませながら、さすがにやりすぎたと一成は思った。

ただ恥じらうあまり股を閉じることも忘れている彼女の股間の肉が、ヒクヒクと脈動を繰り返しているのが、なんとも淫靡だ。

「一成くんにこんな恥ずかしいところを見られちゃったよう……もう死にたい」

日菜子のほうはあらためて自分の醜態に声をうわずらせ、ついにはすすり泣きまで始めた。

「ご、ごめんなさい。でも嬉しかったです。日菜子さんがたくさん感じてくれて」

「いやっ、たくさんなんて言わないで」

一成は詫びたつもりだが、日菜子は両手を顔から離すと、涙に濡れた目で見つめてくる。

少し拗ねたような少女のような女上司に、一成はさらにムラムラとしてきた。

「日菜子さん、俺、もう」

彼女が辛くて泣いているのではないというのはわかっている。挿入したいという衝動を抑えきれない一成は、パンツを脱いで彼女の両脚の間に身体を入れた。

「ああ、やだ。私きっともっと乱れちゃう」

日菜子は切なげな顔になると、両腕で挟むように巨乳をギュッと寄せ、目線を横に逸らした。

「見ますよ、日菜子さんが乱れる姿をとことんまで」

すでにもう肉棒は破裂寸前だ。いじらしい彼女に少しいじめるようなセリフを浴びせながら、亀頭を濡れたピンクの膣口にあてがった。

「あっ、いやっ、一成くんの意地悪、あっ、だめっ、あっ、ああああ」

どこまでも自分を恥ずかしがらせようとする部下にさすがに文句を言ってきた日菜子だったが、肉棒が媚肉を貫くと息を詰まらせてのけぞった。

「くうう、どんどん入っていきます」

すでに大量の愛液にまみれていた彼女の膣道は、一成の巨根をあっさりと飲み込んでいく。

それだけではない。膣肉が吸いつくように亀頭を食い締めてきていて、すぐにイッてしまいそうなくらいに気持ちいい。

「ああっ、一成くん、あああっ、はっ、はあああん」

もう完全に肉欲が暴走している一成は、一気に巨根を膣奥にまで押し込んだ。

少し心配になったが、日菜子は見事に反応し甘ったるい声をあげてグラマラスな身体をのけぞらせた。

「日菜子さん、最高です。おお」

一成の肉棒と日菜子の媚肉は相性がいいのか、彼女の中に自分が蕩けていくような快感に覆われていく。

もうなにかを考えている余裕などなく、一成は夢中で腰を振りたてた。

「ああん、あああっ、奥すごい、あっ、あああっ、あああ」

怒張が大きく上下にピストンされ、愛液が飛び散ってシーツを濡らす。

巨乳も激しく揺れる中で日菜子の様子が少し変わってきた。

「ああっ、あああ、だめ、ああん、そこばかり、あっ、あああ」

ずっと恥じらっていた日菜子があきらかに表情を妖しくし、肉棒に集中しているのだ。頰は赤く染まり切れ長の瞳もトロンとなっていて、ただ快感に身を任せている。

「日菜子さん、奥ですね」

一成も力が入り、彼女の股間に腰をぶつけるように怒張を振りたてる。大きく開かれている白い脚が所在なげにクネクネと空中で揺れた。

「ああぁっ、はあああん、すごい、ああっ、激しい、ああっ、ああ」

時折白い歯を見せながら、日菜子は懸命に一成の腕を握ってきた。そんないじらしい姿も、またたまらなく愛おしい。

「くうう、腰が止まらないんです。うう」

亀頭から竿の根元に至るまで密着してくる日菜子の媚肉に、男の快感のポイントが擦れるたびに、一成は無意識に呻き声をあげていた。

頭の先まで痺れきり、もう本能の赴くがままに女上司を貪った。

「ああ、日菜子さん、奥にもっといきますよ」

そして男として彼女をさらに狂わせたいという欲望が湧きあがり、一成は日菜子のよく鍛えられた腰を抱いて自分のほうに引き寄せた。

「あっ、なに、あっ、あああああ、これ、あっ」

グラマラスなボディを抱えあげた一成は、そのまま三十二歳の熟れたヒップを自分の太腿の上に乗せて座った。

「あああっ、これっ、あああっ、だめえ、もっと深く、はあああん」

体位が対面座位に変わり、股間の密着度があがってさらに膣奥の深い場所を抉った。

日菜子はもう悲鳴といっていい嬌声を響かせ、大きく背中を弓なりにした。

「苦しいですか？」

そのあまりに強い反応に驚きながらも、一成はベッドのバネを利用して突きあげを始めた。

「ひあああ、ああっ、苦しくは、あああん、ないけど、あああっ、これ、ああ」

部下の膝の上で汗に濡れた白い身体をよじらせ、女上司は巨乳をこれでもかと弾ませながらよがり泣く。

媚肉のさらに深いところを亀頭が捕らえていて、狭くなったそこが強く絡みついてきていた。

「あああん、いい、あああっ、気持ちいい、あああっ、ああぁ」

そして日菜子はタガが外れたかのように、恥じらいを捨てて悦楽に溺れていく。

身体全体を朱色に染めて、一成の肩を強く摑みながら、何度も背中をのけぞらせて淫らに腰をくねらせている。

「気持ちよくなってください、おおお、僕もすごくいいです」

もう普段のきついイメージの面影もなく、ただ一人の女となって感じまくる日菜子に一成も強く燃えながら怒張をピストンした。

ラブホテルの部屋に、ベッドの軋む音と二人の淫らな息づかいがこだました。

「あああっ、はあああん、一成くん、ああっ、私、ああっ、もうだめえ、ああ」

ついには声まで蕩けさせた日菜子が、切なげな瞳を向けてきた。

「イッてください、くうう、僕もイキます」

いまにも感極まりそうなのは一成も同じで、甘い絡みつきを見せる日菜子の膣肉の中で肉棒は絶えず脈打っていた。

「ああん、あああっ、そのまま出して、あああっ、ああああ」

こうして会話をしている間もピストンは激しいままで、Ｈカップの肉房は柔軟に形を変えながらバウンドを続けている。

そして日菜子は、唇を半開きにしたまま艶のある声で中出しを求めてきた。

「だ、大丈夫な日なんですか？」

男の精を求める牝となったような表情を見せる日菜子に興奮し、危うく射精しそうになりながらも、一成は問い返した。

「わ、わからないわ、ああ、でもいいの、ああん、赤ちゃんが出来ても、あああん、私が責任とるからあ、あああん、一成くんの全部が欲しいの」

そう言った日菜子は一成の首にしがみついて唇を重ねてきた。

なにかを振り切るように舌を絡ませ強く吸ってくる。

「んんんん、んく、んんんんん」

一成もそれに応えて激しく舌を動かしながら、彼女の巨乳を強く揉みしだいた。

指がどこまでも食い込んでいくような柔らかさ、これを一生離したくないと心の底から思った。

「んん、ぷはっ、責任は僕もとります。おおっ、イッてください日菜子さん」

どうなっても日菜子と離れることはないだろう。そのくらい身も心も彼女に奪われている。

一成はすべての思いをぶつけるように濡れ落ちた膣奥に向かって、ベッドの反動を利用して逸物を突きあげ続けた。

「ああん、ああっ、好きよ、一成くん、あああっ、ああっ、もうイク、イッちゃう」

一成の腰に回したしなやかな脚を蛇のようにくねらせながら、日菜子は限界を叫ぶ。

上気した肌はもう汗にまみれていて、ホテルの薄明かりが反射して輝く乳房やヒップがたまらなく艶めかしかった。

「イッてください、僕も一緒に、おおおお」

すべての思いを込めて一成は日菜子の腰を抱き寄せ、亀頭の先端を膣奥に擦りつけながら最後のピストンを繰り返す。

彼女の子宮まで自分のものにする。そんな牡の本能が燃えあがっていた。

「ああぁっ、イク、イクわ、あああぁ、日菜子、イク、イクううううう」

ついには自らのことを下の名前で呼んだ日菜子は一成の膝の上で、身体を大きく反らせて絶叫した。

乳房が大きくバウンドし、尖りきった乳頭から汗が飛び散った。

「あああああ、すごいいいい、ああああっ、あああああ」

唇をこれでもかと割り開き、視線を彷徨(さまよ)わせたまま日菜子は悦楽に酔いしれている。

全身がガクンガクンと断続的に痙攣を起こしていて、彼女が強烈なエクスタシーに翻弄されているのがわかった。

「ううっ、俺もイク、出します、おおお」

絶頂と同時に強く締めつけてきた媚肉の奥に亀頭を突き立て、一成も腰を震わせた。

「あああっ、熱いわ、あああぁん、一成くんの精子が、あああぁっ、来てる」

断続的に打ち放たれる粘液をすべて膣奥で受け止めながら、日菜子は絶頂の発作に身悶えている。

これも熟女の性感の深さだろうか、何度も何度も甘い声を響かせ快感によがり狂っている。

「ううっ、まだ出ます、うっ、くううう」

一成もまた、そんな女上司に煽られるように日菜子の最奥に向かって精を放ち続けた。濡れた媚肉の中で怒張がビクビクと脈打ち、まだ出るのかと思うくらいに粘液が搾り取られていく。

「あああっ、あああ、一成くん、あっ、すごく気持ちいい、あああん」

快感を抑えることもせずに歓喜の声をあげながら、日菜子は肉感的な太腿で一成の腰を締めあげてきた。

「くう、うううう」

それが最後のトリガーとなり、一成は一滴も残らず日菜子の中に精をぶちまけた。

「あ……ああ……一成くん」

それが終わると日菜子は力を失ったようにベッドに倒れていく。

グラマラスな身体をどさりとベッドに投げ出し、日菜子は目を閉じて切ない呼吸を繰り返している。

(す……すごかった……)

完全に力を失って目を閉じて唇を半開きにしたまま横たわる日菜子。

彼女の中に入った瞬間から射精を終えるまで、まさに嵐のような快感の中にいた。

こんな経験はさすがに一度もなかった。

「あ……一成くん……赤ちゃんができても……気にしないでいいからね」

顔を赤くしたまま日菜子は少し目を逸らして言った。

「な、なにを言ってるんですか。もう絶対にあなたを離しませんから僕は」

横たわる日菜子の頬にまとわりついている後れ毛(おくげ)を避けてやりながら、一成ははっきりと言い切った。

妊娠しようがしまいが、日菜子と離れるなど考えられなかった。

「あ、いやっ、やだ」

一成の手が頬を撫でると、日菜子は急に甲高い声をあげて顔を下に伏せた。

「い、いやっ？　僕と一緒になるのがそんなに？」

彼女に拒絶されたと思った一成は愕然となる。

「ち、違うの、ああ、嬉しいけど、ああ、いま私、すごくエッチな顔をしてるから」

日菜子はまったく別のことを考えていたようで、一成はほっとした。

あれだけ激しく感じておきながらいまさら事後の顔を見られるのが恥ずかしいとは、乙女心はわからない。

「日菜子さん、顔を隠してますけど、アソコは丸出しですよ」

「きゃあああ」

横寝の状態の彼女のお尻や股間は丸出しになっていて、ピンク色をした裂け目から精液や愛液が入り混じったものが溢れ出していた。

それを知った日菜子は、慌てて股間を両手で覆い隠した。

「あれっ」

顔を真っ赤にして慌てる女上司を見ていると、一成は股間の愚息が再び大きくなるのを感じた。

さっき一滴も残らないくらいにまで射精したばかりだというのに。

「やだあ、もう」

シーツの上で身体を丸めるようにして恥じらっている女上司に、肉棒が驚くべき早さで復活したのだ。

「日菜子さん、俺、まだまだいけそうです」

再び彼女とひとつになりたいという欲望を抑えきれず、一成は肉感的な白い脚を抱えあげた。

「えっ、ちょっとまって、私、イッたばかり、あっ、あああ」

ラブホテルの部屋に、日菜子の戸惑い混じりの喘ぎがこだました。

第七章　濃厚媚肉の宴

「げっ」

今日は月曜日、ほとんどの課は午前中にミーティングを行う。一成もそれを終えて昼食に行こうとすると、美香からメールが来た。

『ご飯食べたら屋上に来てよ。あんたの好きな屋上に』

と意味深なことが書かれていた。

ここの社員はあまり屋上に出ることはしない。近くに公園などもあり、他に気分転換の場所はけっこうあるからだ。

一成が屋上の吹き抜けが好きなのは確かだが、それを知っているのは美優梨だけだ。

（ま、まさか三人で……屋上で……さすがにそれはないか）

呼びだしているのは美香だが、美優梨も一緒にというのは容易に想像出来る。

マゾ的な性癖を持つ美優梨の求めで屋上で行為をする計画を美香が立てているのか、

だがさすがに就業中にそこまでするとは思えなかった。

(行くしかないか)

早めに昼食をかきこんで一成は屋上に向かう。エレベーターで最上階にまでは行けるのだが、そこからは階段だ。

「どーもー、うわっ」

鉄の重たいドアをゆっくりと開いて屋上に出ると、すでに人影があった。

一成が声をあげて驚いてしまったのは、太陽に照らされた屋上に三人もの人間がいたからだ。

「あ、綾乃さん」

美香と美優梨、ここまでは予想していたが、それに加えてスーツ姿の綾乃までいた。

びっくりしたあまり、本来なら社内では市崎課長と呼ばなければならないというのに、下の名前を口にしてしまった。

「うふふ、待ってたわよー」

意味深な笑顔を浮かべた綾乃は、一成の腕を抱えるようにして屋上の真ん中に連れていく。

「な、なんなんですか、三人で」

あきらかに狼狽える一成を見つめる三人の女。美優梨はうっすらと微笑みを、美香と綾乃は意地悪そうな笑顔になっている。

この様子を見ればさすがに鈍い一成でも、すでに三人が互いに一成と行為をしたという情報を共有しているのがわかった。

「ふふふ、この前、そこの公園で一休みしてたら二人がいてさ、一成くんの話ばかりしてるからいろいろ聞いちゃった」

一成を美優梨と美香の前に引き立てた綾乃がそう言い、二人同時にメロメロにするなんてやるじゃないと笑った。

「いやー、それよりも隣の課の課長ともしてるなんて、大物じゃん一成」

美香も豪快に声をあげ、一成の肩を叩いてきた。どうやらかなり突っ込んだ話までしているようだ。

「い、いや、大物なんて、そんな」

とりあえず女たちが揉めている感じでないことにほっとしながらも、一成は生きた心地がしない。

それぞれが違うタイプの美しさを持つ女たちだが、共通項は性欲がかなり強いということだ。

かと考えた。

（な、なにされるんだ俺は……）

なにかとんでもない要求をされるような気がして、一成は真剣に走って逃走しようかと考えた。

「ご安心ください、私は別に一成さんのことを独占しようなんて思っていませんから」

ずっと黙っていた美優梨がぼそりと呟いた。ただその瞳がやけにギラギラとしていて、本気で怖かった。

「まあ私もそんなことまでは考えてないけどね。でもあの人はどうかしら、ねえ、いつまでも覗いてないで出てきたら？」

どんな淫らな展開がと思っていると、綾乃が突然後ろを振り返って大声を出した。

そちらには先ほど一成が出てきたドアがある。それが静かに開いていった。

「か、課長……」

中から現れたのは、今日は紺色のスーツ姿の日菜子だった。顔色が真っ青で唇がブルブルと震えている。

「あんたたちもそういう仲になったんでしょ」

「えっ」

綾乃がはっきりと言って、一成は驚き、美香や美優梨も目を見開いた。

もちろんだが、二人で会社関係には秘密にしようと決めていた。

「わかるわよ、あんたたちの態度を見てたら。とくに日菜子は顔に出すぎ」

青から少し赤くなった顔を日菜子は慌てて触っている。長い付き合いからか、綾乃は日菜子の変化を感じ取っていたようだ。

正式に交際するようになってから日菜子は、一成に必要以上の説教をすることもなくなり、課員たちも少し柔らかくなったと口にしている。

ただそれを一成と日菜子が男女の関係になったと繋げるところが、さすがやり手の女課長だといえた。

「はえー、坂本課長まで。あんたすごいねえ」

真面目で堅物と有名な日菜子と関係を持ったと知り、美香は呆然とし美優梨もさすがに驚いている。

「でもちょうどよかったわ日菜子。一成くんをどういう風に共有しようかって話し合いだったから」

「えっ、えええっ」

まだ立ち尽くしている日菜子に向かって妖しげな目を向けた綾乃が、あらためて一成の腕にしがみついてきた。

こんな状況でも彼女のバストのふくよかさを感じてしまう自分が一成は情けない。

「きょ、共有って、全員と付き合うってこと？」

真面目な日菜子は綾乃の言っている意味がわからないのか、切れ長の瞳を白黒させながら問い返してきた。

「そんな大げさなものじゃないですよ。いわばセフレかな、ここを共有するっていう話です」

今度は美香が一成に近寄ると、いきなり股間を摑んできた。

「セッ、セフレ!?」

その言葉に日菜子はまた唇を大きく開いている。彼女の常識ではセフレという関係などありえないはずだ。

「私は一成さんの、ペット、肉奴隷ですから、坂本課長のお邪魔はいたしません、たまにいじめていただければ」

さらに追い打ちをかけるように美優梨が、清楚で幼げな顔からは想像も出来ないセリフを口にした。

「肉奴隷……」

もう日菜子はふらついている感じだ。あまりのショックに立っているのも辛そうだ。

「あんたと付き合うのはいいけど、たまにこのおチ×チンをレンタルしてって言ってるだけよ」

心配になるくらいにショックを受けている日菜子に、綾乃がセックスくらいで大げさなことと言うなとばかりに言い放った。

「い、いや、そんなのだめっ」

ここでようやく日菜子も自分を取り戻したのか、一気に駆け寄ると綾乃を突き飛ばして一成の腕をとった。

「痛い、なにするのよ」

バランスを崩して危うく転倒しそうになった綾乃は、日菜子を恐ろしい目で睨みつけた。

「前のことは知らないけど、いまは一成くんは私のものなんだから。そうよね？」

日菜子は強く一成の腕を抱き寄せ、涙目で見つめてきた。愛しい人にこんな顔をさせている自分に、さすがに罪悪感が湧いてくる。

「すいません、綾乃さん、美香さん、美優梨ちゃん、僕は」

もう日菜子だけを愛し続けたいと言おうとしたとき、ポケットに入れてあるスマホが鳴りだした。

画面を見るとMM社で付き合いがあるモデル事務所だった。ここはキャンペーンガールの手配もしていて、商品のイベントなどを開くときにはお世話になっていた。

「ええっ、スケジュールのミス？」

女たちの睨み合いが続いているような状況だが、電話に出ないわけにはいかない。というのもこの週末にPジムというところで、商品のPRを兼ねた即売会を開く予定だからだ。だが電話の向こうから聞こえてきたのは、担当者からの謝罪だった。

「そんな、もう明後日ですよ。衣装の手配もしたし……」

今回は場所がトレーニングジムということで、普段から筋トレをしている女性をお願いしていた。

四人、お願いしていたのだが、皆、地方のイベントに駆り出されているというのだ。

「いや、こちらを優先していただかないと困りますよ。なに言ってるんですか」

一成の慌てように女たちもなにごとかと注目している。直属の上司である日菜子はもちろんイベントの件は知っているので、なにかトラブルがあったのかと察したようだ。

『すいません、その地方のイベントが官公庁からの仕事で断れないんです。申しわけありません、この埋め合わせは必ずしますから』

担当者は必死で言い訳しているが、要は向こうを優先するということだ。

「ちょっと困りますよ、いくらお役所が相手だからって」

ただこちらも引くわけにいかないと一成は粘るが、向こうの担当者はひたすら謝るだけだ。

そんなやりとりをしているうちに、女たちがなにやら集まって話を始めた。

「ええっ、私、無理よ、絶対無理」

屋上のコンクリートの床にしゃがみ込んで電話をしている一成の傍らで、女たちは輪になってヒソヒソと話している。

そのうち日菜子が顔の前で手を振って、なにかを拒否するような声が聞こえてきた。

(なにしてんだよ、人がたいへんなときに)

一成は電話で話しながら、少し腹が立ってきた。

「いや別に三人でもいけると思いますよ。じゃあ坂本課長は辞退で」

「な、誰もしないなんて言ってないわよ、ちょっと待って」

美香が突き放すように言うと、日菜子が慌ててそう言った。

「じゃあ決まりね。一成くん、もう電話を切っていいよ」

急にこちらを振り返った綾乃がそう言った。

「えっ」

わけがわからず、一成はスマホを握ったまま呆然となった。

「私たちがキャンギャルのかわりをするわよ。これでも鍛えてるしね、ジムに行っても見劣りしない自信があるわ」

美香が力こぶを作って笑った。日菜子からキャンペーンについて詳しく聞いたのか、トレーニングをしている女性をというモデル事務所への要望のことを知ったようだ。

「わ、私は、皆さんに比べたらスタイルもよくないですけど、たくさん売れるようにがんばります」

控えめな感じで美優梨が続いた。スポーツのイメージとは遠い彼女だがジョギングが趣味でよく走っているというのは聞いていた。

「若い人は自信あっていいわよね。でも私も今回は張り切ってキャンペーン用の衣装着ちゃうわよ。あんたもでしょ、日菜子」

笑顔で綾乃が言うと、日菜子は顔を真っ赤にしたまま、小さく頷いた。

「皆さん……ありがとうございます」

この四人なら本職のモデルにも見劣りすることはないように思う。一成は女たちの思いに涙が出そうになりながら、電話を切った。

「はーい、ありがとうございます。お会計はあちらでーす」

Ｐジムのロビーに作られたブースに大量のプロテインやアミノ酸の袋が並び、好調に売れている。

トレーニングに打ち込んでいる人は口に入れるものはあまり変えたがらないタイプも多いが、今日は新製品もよく出ていた。

「すごくウエストしまってますね、なにか秘訣が」

「秘訣とかはないですね、やっぱりトレーニングと食事ですよ。あとはこういうプロテインとかを摂取するタイミングですね」

ジムの女性会員とおぼしき人に美香が質問を受けている。彼女たちは今日、キャンギャル用の衣装に身を包んでいる。

さすがに水着のような過激なデザインではないが、下は黒のスパッツ、上半身は袖のないノースリーブだ。

ＭＭ社のロゴが入ったノースリーブは身体にはりつく生地の上に、丈がみぞおちの下あたりまでしかないので、お腹は完全に露出していた。

「はい、どうぞ、試食してくださいね」

美香だけではない、ブースの前で美優梨や綾乃もプロテイン入りのクッキーなどを勧めている。

スパッツもあまり丈がないから美優梨の白く艶やかな太腿が半分ほど露出していて、男性会員たちの目を引きつけていた。

「はいどうぞ、試供品です」

綾乃も元気に笑顔を振りまいている。このデザインの衣装を着て彼女が動くとGカップの巨乳がブルブルと弾み、男女の区別なく視線を集めていた。

「ちょっと、もう少し声を出しなさいよ」

そんな綾乃が不満げに見たのが日菜子だ。彼女も同じようにお腹の上までしかないノースリーブにスパッツだ。

Hカップのバストの膨らみがくっきりと浮かび、下半身のほうもボリュームのある桃尻でスパッツが裂けてしまいそうだ。

「わ、わかってるわよ。新製品でーす、どうですかー」

綾乃に煽られて日菜子も声を出すが、顔はずっと真っ赤なままだ。

他のキャンペーンを日菜子と一緒にしたことがあるが、いつも率先して大声を出していたというのに。

「大丈夫ですか？」

さすがに心配になって、一成はこっそり日菜子の耳元で囁いた。

「し、死ぬほど恥ずかしい……ああ……もうどうしよう」

昨日も日菜子はいい歳をした自分が、こんな格好をして人前に出てもいいのかと、何度も聞いてきた。

今日もずっと頬を赤くしてか細い声を出している。一成はまたそれが可愛くてたまらなかった。

「すごく似合ってますよ」

いまにも泣きそうな顔をしている日菜子の耳元で、一成はそう呟いた。

「もうやだあ、やめてよう、ああ」

すると日菜子はますます恥ずかしがり、少女のような顔で一成の袖をギュッと摑んできた。

一成はもう日菜子を抱きしめたくてたまらなかった。

「ちょっとそこ。イチャイチャするのは仕事が終わってからにしなさい」

身体を近づけている二人に気がついた綾乃から、お叱りの声が飛んできた。

「は、はい」

一成は慌てて背筋を伸ばし、日菜子から離れた。

「全員、すごい美人ばかりだねえ、ほんとにお宅の社員さんなの？」

ブースの裏に回って追加の商品を出そうとしたとき、Ｐジムの男性トレーナーが話しかけてきた。

「は、はい、そうです。ほんとうです」

もちろんだがＰジムのほうには、キャンギャルが来られなくなり社員が代わりをするというのも伝えていた。

「引き締まってるし、彼女たちをキャンギャルにしたほうがいいんじゃないの、ははは、セクハラになるかもだから言わないでね」

そんな冗談を口にしながらトレーナーは去っていった。筋トレの専門家だから、美香や日菜子の体型を見たら鍛えているのはすぐにわかったのだろう。

（確かにみんな俺にはもったいないような美人ばかりだよ……）

それぞれに個性が違うが街ですれ違えば振り返りそうな美人の上に、身体のほうもスパッツのお尻はプリプリとし、ノースリーブの胸元は常に弾んでいる。

そんな女たちとの一夜を思い出し、一成はいけないと思いつつもムラムラとしてくるのだ。

「皆さん、ほんとうにありがとうございました」

夕暮れのオレンジの光が街を照らすころ、キャンペーンを終えた五人は車で社に戻っていた。

今日は休日なので地下駐車場に人影はなく、社用車が並んだ空間はひっそりとしていた。

「いいのよー、ちゃんとお返しはいただきますし」

カジュアルな感じの私服姿の綾乃が、なんだか不気味な笑みを浮かべて言った。

「は、はい、食事でもお酒でもなんでも」

もう今日に限っては給料が吹っ飛ぶことになっても、彼女たちにお礼をしなければならないと思っていた。

「なに言ってんのよ、あんたのお返しっていえばここでしょ、ここ」

こちらはパンツルックの私服姿の美香が、豪快に一成の股間を摑んできた。

「だ、だめですって、それはちょっと」

もちろんだがそばには、着替えるといってもいちおう仕事だからとブラウスにタイト気味のスカートを穿いている日菜子がいる。

もう一成は日菜子以外の女性とはしないと思っている。もし一成がよくても日菜子が許すはずがない。

「大丈夫よ、日菜子のオッケーももらってるから。さっき着替えのときに四人で話し合って決めたのよね」

一成が日菜子を見ているのに気がついて、綾乃が振り返って言った。

「きょ、今日は……恩返しだし、今日だけなら、最後は私だし、戻ってきたら」

日菜子は怖い目をしてブツブツと繰り返している。

(ひえぇぇ)

顔は青く目が怖い。喜んで許可したとは言いがたい状況のように思えた。

「さあ、坂本課長の許可も出たことだし、行きましょう一成さん」

これも私服の可愛らしいワンピース姿の美優梨が、一成の腕を強引に引っ張ってくる。

「えっ、ちょっと待って、あっ、日菜子さん、俺」

小柄な身体からは想像も出来ないような強い力で、一成はエレベータきのある通路に連行されていった。

「あっ、あああっ、一成、あっ、ああああっ、そ、そこっ、あああっ」

女たちが要求してきたのは、なんと会社内のジムでの行為だった。

どうやら一成にあまり考える時間を与えないのが目的らしく、休日で誰もいないジムに連れ込まれ、すぐに服を脱がされた。

そこで一成は、全裸になった美香と美優梨を同時に相手させられていた。

「はう、ああぁっ、私、あああっ、皆さんがトレーニングする場所で、ああっ、すごくエッチになってますう、あああっ」

小柄で細い少女のような身体をストレッチ用のマットの上で仰向けにし、美優梨は大きく開いた股間に一成の指を受け入れてよがり泣いている。

肉奴隷宣言までした美少女の狭い膣道が、貪欲に指を食い締めていた。

「あああっ、私も、あああっ、こんな場所で、だめなのに、ああっ、すごく感じる」

美香のほうは横寝の形で美優梨に顔を向けて寝そべり、長くしなやかな右脚を一成に抱えられている。

脚をピンと天井に向かって伸ばし、ぱっくりと開かれた股間には一成の野太い逸物が突き刺さっていた。

「はあん、ああああっ、私、ああっ、すごく興奮してる、ああっ、一成の変態セックスが癖になっていくよう」

横寝の上半身の前でFカップの形のいい巨乳を揺らしながら、美香はそんなことを口走った。

「だから、違うって、くうう」

美香の興奮は媚肉の締めつけにも影響しているのか、怒張を出入りさせるたびに亀頭のエラを強く擦ってきている。

しばらく忘れていた変態男という言葉に不満を口にしながらも、一成は腰の動きが止まらなかった。

「ああああん、そうです、ああっ、一成さんは美優梨にとって最高のご主人さまです」

一成の二本指を小ぶりでピンクの裂け目に飲み込んでいる美優梨は、一成の呟きなど気にせずに悦楽に酔いしれている。

「ああっ、こんなに感じて恥ずかしい、ああああっ、でも、ああっ、見て」

「あああっ、見てます美香さん、ああああっ、美優梨のいやらしい顔も見てください」

横寝の美香のほうに仰向けの美優梨が振り返り、小さな手を伸ばしていく。それに応えて美香が指を絡めるようにして握り返す。

「すご……」

華奢な美少女とスタイル抜群の美女が目を蕩けさせて見つめ合う姿を見て、横から声が聞こえてきた。

声の主は綾乃だ。彼女はここで一成たちの3Pを観戦している。日菜子だけはとても見る気持ちになれないと、会社の応接室にこもってしまった。

「二人ともすごく感じてる。他人のしてるところなんて初めて見るわ」

日菜子とは違い、こちらはエッチな行為にも積極的なタイプの綾乃は、よがり泣く後輩社員を、四つん這いになって身を乗り出して見ている。

なぜか彼女は昼間のキャンペーンガールの衣装に着替えており、犬のポーズの身体の下でノースリーブに包まれた巨乳を揺らし、スパッツの下半身をよじらせていた。

スパッツの黒い布がはりついた熟れた巨尻がゆらゆら動く様は、なんとも淫靡だ。

「あ、ああああっ、ごめんなさい、あああっ、市崎課長、あああっ、会社で、あああっ、こんなに感じて」

美香が綾乃の視線に気がついて、トロンとなった目を向けて声をうわずらせた。

「はあああん、私も申しわけございません、ああっ、すごく感じてます」

続けて美優梨も、唇が半開きになった顔を覗き込む女課長に向けて叫んだ。

二人とも、厳しさに定評のある綾乃の前で淫らな姿を晒して興奮している様子だ。

「いいわ二人とも。最後まで見てあげるから、たくさんイキなさい」

綾乃もそれに気がついている様子で、仕事中と同じようにはっきりと、大きな声で言った。

「は、はい、あああっ、もっと突いて一成、ああっ、私を壊して」

「あああっ、課長、ああっ、見てください、ああん、あああ」

その一言にさらにスイッチが入ったのか、美優梨は仰向けの身体の上で小ぶりな美乳を、美香は横寝の上体の前で張りのある丸い巨乳を揺らして感極まっていく。

「も、もう好きにしてくれ、おおおお」

彼女たちの膣肉がさらに狭くなってきた。ドロドロに溶けた粘膜に肉棒と指を絡め取られながら、一成は力の限りに腰と腕をピストンした。

「あああっ、はあああん、一成さん、あああっ、美優梨、もうだめ」

小柄で白い身体をマットの上でよじらせながら、美優梨が限界を叫ぶ。

「あああっ、私も、あああっ、イク、あああっ、恥ずかしい姿見せちゃう」

新たに目覚めた性癖に酔いしれながら、美香も頂点に向かっていく。一成に抱えられて上に伸ばされたすらりとした脚がピンと一直線になった。

「あああっ、美優梨、もうだめっ、イク、イクううううう」

「私も、あああっ、イクうううう」

二人はほとんど同時に感極まった。それぞれが横寝と仰向けの肉体を激しく痙攣させながら、エクスタシーに溺れていく。

「ああっ、出ちゃう、あああっ、ごめんなさい、ああっ、出ちゃう」

絶頂に悶える美優梨の秘裂から熱い潮が迸った。だらしなく開かれた細い二本の脚の真ん中から、水流が弧を描いて飛び出していく。

「あああ、私も、あああっ、だめっ、あああっ、出る」

美香も横寝の身体を大きくのけぞらせると、豪快に潮吹きした。

こちらは左脚を跨いでいる一成の膝や太腿に飛沫を浴びせる。

「あああっ、出る、あああっ、私、あああっ、ジムで潮吹きしてる、一成」

「止まりません、あああっ、だめなのに、ああっ、あああ」

美香と美優梨はそれぞれに酔いしれながら、絶頂と潮吹き、そしてマゾの悦楽に美しい身体を痙攣させ続けていた。

「はあはあ、はあ」

そして彼女たちの発作がようやく終わると、一成は美香の中から逸物を抜き去って抱えていた脚を下ろした。

ビニール製のマットに水たまりを作って裸の身体を投げ出す美女二人。その異様で淫靡な姿に一成はしばらく見とれていた。

「すごいわね、二人同時に潮吹きさせるなんて。じゃあ次は私ね」

呆然となっている状態の一成に後ろから忍び寄り、一人だけ元気な綾乃が肉棒に手を回してきた。

「ちょ、ちょっと休憩を……ここもなんとかしないと」

二人の作った水たまりも放置出来ないと一成は言うが、綾乃はみぞおちまでの丈のノースリーブの巨乳を一成の背中に押しつけ、さらに強く肉棒を握ってきた。

「だーめ。そんなのあとでいいの。こっちが先よ。それにあなた射精せずに日菜子のところに行こうって思ってるでしょ」

一成は美香の中で肉棒を暴発させることはなかった。最後に日菜子にところにいくことになるだろうが、それまでなんとか我慢すれば彼女の機嫌もよくなるかなと思っていた。

だがさすがというか、綾乃はめざとくそれに気がついていて、許さないとばかりに後ろから摑んだ肉棒をしごきあげてきた。

「だ、だめですって、綾乃さん、くうう、うう」

男のポイントを心得た巧みな手技に、一成はつい腰をくねらせてしまう。それでなくても強い締めつけの美香の媚肉に怒張は暴発寸前だったのだ。

「ふふ、許さないわよ。お口でしようか、それともおっぱい？」

綾乃は懸命に腰をよじらせて逃げようとする一成の肉棒から手を離し、今度は腕を引いて自分のほうを向かせる。

そして膝立ちどうしで向かい合う形になった一成を見あげながら、ノースリーブをぺろりとめくりあげた。

「うおっ」

会社のロゴが入ったコスチュームの下からGカップのたわわなバストが飛び出してきた。

ブラジャーをつけていない、真っ白な柔肉と色素が薄い乳房が、反動でブルブルと弾んでいる。

色素が薄めの乳輪がぷっくりと盛りあがり、先端がすでに硬く勃起していて、男の欲情を煽りたてていた。

「ねえ、どっち、それともこっちがいいかな？」

ノースリーブを乳房の上までめくったまま、今度は横座りになって綾乃はこちらに豊かなヒップを向けた。

ムチムチとした大きな桃尻の形がスパッツにはっきりと浮かんでいる。

「これ使って一成くんの好きなところ切っていいのよ」

綾乃はその体勢のままで、そばに置いてあった自分のバッグに手を伸ばしハサミを手渡してきた。

そしてスパッツの薄生地になにやら淫靡な形を浮かべている自分の股間を指差した。

「え……き、切れって」

「このスパッツは昨日買ってきた自前のだからいいのよ。お仕着せの衣装じゃ、お尻が入らないんだもん」

早くしろとばかりに綾乃は横座りで突き出したヒップをよじらせて言う。垂れ目の瞳も一気に蕩けてきているように見えた。

「は、はい……」

一成はスパッツの黒い布を指で摘まむと、かなり引っ張ってから慎重にハサミを入れた。

場所はもちろん彼女の股間の上で、一切りすると布が弾ける音がした。

「あ、いやん」

小さな穴が開いたので、それをさらに切って広げていく。

パンティは穿いていないようで、ピンク色をした媚肉と濃いめの陰毛が穴から顔を出すし、同時に淫臭が立ちのぼった。

「すごい、もうドロドロじゃないですか」

思わずそう口にしてしまうほど、綾乃の秘裂は愛液にまみれていて、熟した肉ビラや膣口がウネウネとなにかを求めるようにうごめいていた。

「そ、そうよ。だって一成くんたちがあんなに激しいの見せるから」

まだ潮をまき散らしたままぐったりと横たわっている二人の女をちらりと見て、綾乃は色っぽい声を出しながらお尻をまたよじらせた。

「いけない人だ」

黒のスパッツに覆われた巨大な尻肉。そこに空いた穴から覗く軟体動物のような、ぬめったピンクの媚肉。

牡の欲情を煽りたてられ、一成は吸い寄せられるように肉棒を近づけていった。

「あっ、あああ、こ、これ、あああん、硬いわ」

亀頭部を少し触れさせたあと、一成は綾乃の肉感的な白い脚を持って彼女の身体を転がした。

横座りだったトランジスタグラマーな身体がごろりと仰向けになり、膣口に触れさせているだけの亀頭がぐりっと濡れた肉を擦った。

「はっ、はあああん、こんなの、あっ、あああぁん」

ノースリーブがたくしあげられた胸の上で、たわわな巨乳を揺らしながら、綾乃は切羽詰まったような声をあげる。

まだ亀頭は膣口にいる状態なのに、強すぎる反応だ。

「すごく締めてますよ、入口が」

垂れ目の瞳を蕩けさせて喘ぐ女課長を見下ろしながら、一成は腰を小刻みに動かす。

ただすぐには奥に挿入はしない。今日のことは感謝しているが、ずっと綾乃の思惑に乗せられて複数でのセックスにまでもつれこんでいる気がして、ちょっと仕返しをしてみたくなった。

「ああん、ああっ、ひどいわ、ああっ、もう焦らさないでよう、あああっ」

さっきまでのちょっと意地悪な表情はどこへやら、綾乃は垂れ目の瞳を潤ませ、切なそうに唇を震わせて泣き声をあげる。

穴あきスパッツの下半身もずっとくねっていて、もうたまらないといった感じだ。

「そんなに欲しかったんですか？」

自分で仕掛けておきながら肉欲に取り乱している綾乃に、一成は少し驚いていた。

「ああぁ、そうよう、ああん、一成くんのおチ×チン、あああっ、早く、ああっ、綾乃のオマ×コの奥、ああ、突いてっ」

自分の脚を抱えている一成の手を強く握り、綾乃はもう涙を浮かべて訴えてきた。

どこまでも身を崩していく女課長から立つ牝の色香に一成も限界だ。

「いきますよ」

膣口だけでもわかるくらいに綾乃の中はもうドロドロだ。一成は気合いを込めて一気に怒張を最奥に打ち込んだ。

「ああっ、あああっ、これ、あああっ、はあああん」

硬化した亀頭が愛液に溢れる膣道を引き裂いて、最奥に達し、そこからさらに子宮ごと持ちあげるように食い込む。

絶叫をあげた綾乃は背中を大きくのけぞらせ、ノースリーブの下から飛び出している巨乳をブルブルと弾ませて絶叫した。

「あっ、あああっ、いい、あああん、お腹の奥まで一成くんが来てる」

一瞬で目を泳がせた綾乃は、乳房ごと尖りきった乳首を踊らせて悶え泣く。

唇がだらしなく開き、白い歯やピンクの舌が覗いていた。

「まだまだこれからですよ」

こちらもテンションがあがりきっている一成は、綾乃をさらに泣かせるべく、ほどよく引き締まっている腰に腕を回して抱えあげた。

肉棒は深くまで挿入したまま、体を入れ替えるように今度は自分がマットの上に仰向けになった。

「あっ、あああ、これっ、はっ、ひあああああ」

脱力しきっている綾乃の身体が一成の腰に跨がり、騎乗位に体位が変わった。

そそり立つ怒張を奥の奥まで飲み込み、唇をパクパクとさせながら息を詰まらせている。

「たくさん味わってください」

一成は下から腰を突きあげ、激しいピストンを始めた。

小柄でグラマラスなボディが大きく上下動し、ノースリーブが鎖骨までまくりあげられた上半身の前でGカップの巨乳が千切れんばかりに弾んだ。

「あああっ、ああっ、すごい、あああっ、奥、ああっ、たまらない」

一成の巨根が膣の深くを抉るたびに、綾乃は黒髪を振り乱してよがり泣く。

ほどよく脂肪が乗った下腹部がヒクヒクと波打ち、両腕や肩が糸が切れた人形のように力なく弾んでいた。

「ああっ、すごい、あああっ、ああ、日菜子のものだけにさせないんだから、ああ」

垂れ目の瞳を虚ろにしたまま、綾乃はそんな言葉を口にした。同時に下のほうも肉棒を逃がさないとでも言いたげに締めあげてきた。

「くうう、綾乃さん、うううう」

ぬめりきった粘膜が亀頭や竿に絡みつきながら絞りあげてくる。

そして上からこちらを見下ろしている綾乃の表情はどこか切なげで、沸き立つような女の色香があった。

「も、もっといきますよ」

肉棒を蕩けさせるような貪欲な媚肉と、それに反するような悲しさをもった女の顔。

危うく一成もいつでもしたいと言い出しそうになった。その思いをなんとか振り切ろうと自分の腰に跨がる綾乃の両足首を持ちあげた。

「あああっ、これだめえ、あああっ、一成くん、あああっ、あああ」

騎乗位で跨がったまま綾乃は両脚を開いて浮かせた体勢となった。

もちろん下からのピストンは続いているので、彼女は自分の体重と亀頭の衝撃をすべて膣奥で受け止める状態となる。

「あああっ、死んじゃう、あああ、もうおかしくなる」

大きく実った巨乳が波を打ちながらバウンドし、豊満なヒップが一成の股間にぶつかる音が響く。

綾乃はすべてを捨てたように黒髪を振り乱し、ただひたすらによがり泣いていた。

「あああっ、はあああん、すごい、あああ、気持ちいい、あああ」

両脚を浮かせたまま綾乃は淫らに泣き続ける。自分のすべてを肉棒に委ねた女は、唇に微笑みを浮かべているように見えた。

「あああっ、イク、イクわ、あああっ、綾乃、イッちゃう」

たわわな乳房を踊らせながら、綾乃は限界を叫んだ。大きな瞳もずっと宙を泳いでいて意識も飛んでいる様子だ。

「くうう、僕も、ううう、もう我慢できません、ううう」

蕩けるような快感に溺れているのは一成も同じで、濡れそぼる媚肉が亀頭のエラや裏筋を擦るたびに、マットに伸ばした脚が引き攣っていた。

「あああっ、来て、あああん、綾乃の中をいっぱいにしてええ、ああ、イク」

中出しを求める声とともに、綾乃は両脚が浮かんだ身体をのけぞらせた。

反動で彼女の腰が前に突き出される形となり、膣奥に亀頭がぐりっと食い込んだ。

「あああっ、イクううううう」

小柄な身体がビクビクと激しい痙攣を起こし、持ちあげられた白い脚が切なげによじれた。

唇をこれでもかと割り開いた美熟女は、酔いしれた顔で絶頂に飲み込まれていく。

「ううう、僕も出ます、ううう、イクっ！」

日菜子のところにいくまで射精を耐える気持ちなどどこかに飛んでしまい、一成は綾乃の奥深くに先端を擦りつけるようにしながら怒張を爆発させた。

驚くくらいの強い快感が下半身に走り、腰を震わせながら精をぶちまけた。

「あああっ、すごいい、あああああん、まだイッてる、ああっ、あああ」

綾乃のほうも、何度も全身を引き攣らせながら恍惚に顔を蕩けさせている。

白くツルツルとしている足の裏が発作のたびにギュッとなり、彼女の快感の深さを表しているように思えた。

「くうう、まだ出る、ううう」

両脚を浮かせて肉棒にすべてを委ねて喘ぎ続ける美熟女に魅入られながら、一成は延々と発射を繰り返した。

「ひ、日菜子さん」

満足げに放心している綾乃をマットに横たえたあと、一成は腰にバスタオルだけを巻いて日菜子のいる応接室に向かった。

ジムと応接室は同じ階にあるのだが、休日とはいえ普段仕事をしている場所を半裸で歩いている。これでは変態男と呼ばれても仕方がない。

ただ日菜子に少しでも早く会いたくて、一成は服を着るのももどかしかった。

「ずいぶんとお楽しみだったみたいね……」

息を弾ませる一成に対し、ブラウスにスカート姿の日菜子は少し拗ねたような態度で顔を横に背けた。

「えっ」

呆然となる一成と目を合わせないまま、日菜子は応接用の低いテーブルの上にスマホを置いていた。

画面は通話状態になっていて、綾乃の名前が表示されていた。

「ま、まさか……」

ジムのストレッチスペースのマットには綾乃のバッグが口を開いた状態で置きっぱ

なしになっていた。

　その中にある綾乃のスマホが繋がっていたとしたら、日菜子はずっとセックスの実況中継を聞いていたということになる。

「確かにしてもいいって言ったのは私だけど……あんなに激しくするなんて……くやしい」

　唇を尖らせた日菜子はギュッとスカートを握っている。恋人となった一成が他の女とセックスをしたことそのものにではなく、濃厚な行為をしていたことに嫉妬しているようだ。

「と、とりあえず、今日は帰りましょうか……ぼ、僕も着替えてきますので」

　なにか言い訳をしようかとも考えたが、綾乃たちとのセックスの激しさをごまかす言葉など思いうかぶはずがない。

　なんとかこの場を逃れたいと、一成は応接室を出ようとした。

「待ちなさい。このまま帰るなんて許さないわ」

　急にいつも仕事でお説教をするときのような口調になった日菜子は、ソファーから立ちあがり、一成の前を塞いでブラウスを脱いだ。

　そのまま白のブラジャーも豪快に外し、Hカップの迫力ある巨乳を晒した。

「えっ、ええっ」

いつもは自分で服を脱ぐときも恥ずかしそうにしている日菜子が、誰もいないとはいえ会社内で勢いよく乳房を露出したことに一成は呆然となった。

日菜子はそんな部下を睨みつけたまま、スカートも脱いでパンティだけになり、床に膝をついた。

「すごくいやらしい匂い。綾乃の中で気持ちよくなったのね」

そして一成の腰のバスタオルを引き下ろした日菜子は、射精を終えてだらりとしている肉棒をボリュームのあるバストで挟んできた。

「は、はい、すいません」

艶やかな肌の柔乳が肉棒を包み込む心地よさに、一成は下半身をピンと伸ばした。

素直に謝ったのは、ごまかしても無駄だと思っただけではない。怒っている日菜子に説教されながら責められている自分に、少し興奮していた。

「だめ、許さない」

ほんとうにいつものお説教と同じトーン、ちょっと怖い目つきで睨む日菜子は、自ら持ちあげた乳房を大きく上下に揺らし始めた。

「くう、はうっ、ごめんなさい」

いつもは受け身なタイプの日菜子に責め手に回られ、一成はほとんど無意識に謝りながら乳房の柔らかさに身を任せる。

吸いつく感じの白肌が亀頭のエラを強く擦り、甘い痺れに脈打つ肉棒は一気に巨大化していった。

「私で一番気持ちよくなりなさい、そうしたら許してあげる」

日菜子はいったん乳房を下ろすと、今度は厚めの唇で亀頭を包んできた。そのまま頬をすぼめながら激しいフェラチオを開始する。

「は、はいい、ううう、なります」

もうパンティ一枚の身体全体を使って、肉棒を強くしゃぶりあげてくる日菜子の責めに、一成は喘ぎ声をあげながら全身をよじらせた。

「そ、そのかわり日菜子さんも気持ちよくなってください」

肉棒の根元が激しく脈打つような快感に悶えながら、一成は声を絞り出した。

温かい口腔の粘膜の甘い絡みつきに、さっき射精したばかりだというのに、肉棒がいまにも暴発しそうでたまらない。

「こっちへ」

このまま口内に発射するわけにはいかない。一成は日菜子の唇から怒張を引き抜くと、彼女の手を引いて応接用のソファーに向かった。

「わ、私はいいよ。きゃっ」

ソファーの前に日菜子を立たせ、一成は向かい合って座ると、一気にパンティを下ろした。

ちょうど目の高さに彼女の股間があり、パンティの白い布の下から現れた漆黒の陰毛の奥から淫靡な匂いが湧きあがった。

「すごくエッチな香りがします。もしかして聞きながら興奮してたんですか？」

なんとパンティの股布と彼女の股間の間で愛液が糸を引いていた。この様子からして、いまさっき濡れたというようには見えない。

おそらく日菜子は一成と他の女たちとのセックスの実況中継を聞きながら、ずっと自分の女を燃やしていたようだ。

「あっ、ああ……だって……いや、そんなに見ないで」

さっきまでの責め手の様子から一転、日菜子は急に甘えた声をだして肉感的な腰をよじらせた。

こういう彼女は少女のようで可愛らしい。

「だって一成くんのを、ああっ、思い出すんだもん」

鋭かった瞳も一気に蕩け、凛々しい口元はだらしなく半開きになって甘い息が漏れている。

しなやかな身体がくねるたびにHカップのバストが横揺れする。その頂点にある色素が薄い乳首は硬く尖っていた。

「これが欲しいんですね、じゃあ跨がってください」

パンティを彼女の足から抜き取った一成は、ソファーに座る自分の股間を指差した。

「ああ、自分からなんて、ああ……一成くんの意地悪」

日菜子は爪を噛んで切なげに腰をよじらせて恥じらい続けるが、少しすると耐えきれないように両脚をがに股に開き、一成と向かい合って跨がってきた。

「日菜子は奥に欲しいんだね。だからこの体位にしたんだよ」

ゆっくりと豊満なヒップを沈めてくる日菜子の乳房を揉み、一成は彼女のことを呼び捨てにした。

もう日菜子は俺のものだと態度で示したかった。

「あっ、あああん、嬉しい一成、あああん、あなたが教えてくれたのよう、あああっ、奥が気持ちいいって」

膣口に亀頭があたると同時に、日菜子は背中を大きくのけぞらせて喘いだ。

普段は商談などが行われる応接室に艶のある声を響かせながら、奥深くへと怒張を飲み込んでいった。

「あっ、あああっ、深い、はあああん、あああっ」

すでにドロドロの媚肉に吸い込まれるように怒張が入っていき、ムッチリした桃尻が一成の太腿の上に乗った。

亀頭部が膣奥をとらえるのと同時に、日菜子は一際大きな嬌声をあげてのけぞった。

「うう、俺も気持ちいいよ、日菜子のオマ×コは最高だ」

一成はがに股気味に自分の股間に跨がっている日菜子の腰を両手で固定し、ソファーの反動を使ってピストンを開始する。

ぱっくりと開いて怒張を飲み込んでいるピンクの媚肉に、血管が浮かんだ肉茎が大きく出入りを繰り返した。

「あっ、ああああん、私も、あああっ、一成のおチ×チンいい、たまらない」

対面座位で向かい合う日菜子は一気に表情を蕩けさせ、一成のリズムにあわせて自ら腰を動かしている。

巨大な柔乳を波打たせ、荒い呼吸を繰り返す淫靡な美熟女に一成も力が入った。

「ああああっ、気持ちいい、ああっ、あああ、オマ×コの奥がいいのう」

悦楽に酔いしれる日菜子はもう淫語を口にするのも躊躇がなく、ただひたすらに一成の逸物を貪っている。

そこにはもう真面目一筋の女上司の姿は微塵もなく、ただ一匹の牝がいた。

「奥ですね、いきますよ」

喉がカラカラになるくらいに興奮しながら、一成はこれでもかと腰を突きあげた。

「あああっ、はあああん、いい、すごいい、あああっ、あああっ」

弓なりになったグラマラスな身体が一成の膝の上でバウンドし、たわわな巨乳が千切れんがばかりに弾んだ。

膣口から飛び出すギリギリまで肉棒が外に出たあと、最奥に向かって突き立てられるが繰り返される。

「あああっ、はあああん、一成、あああっ、私、もうおかしくなる、あああ」

一成の首にしがみついてきた日菜子は、瞳を泳がせながら限界を口にした。

「イッてください、おおおお」

彼女のウエストを両手でがっちりと固定し、ソファーのバネを利用して一成は怒張を大きくピストンする。

日菜子の嬌声とともに肉棒が濡れた膣内をかき回す粘っこい音が応接室にこだました。

「あああああっ、イク、イクわ、あああっ、来て、一成、ああっ、私の中に出してぇ」

そう叫ぶと同時に日菜子は一成の首に強くキスをしてきた。同時に膣奥が強く収縮し媚肉も吸引するように絡みついてきた。

「ううっ、日菜子のオマ×コすごい、ああっ、俺もイク！」

濡れた粘膜の甘い吸いつきに溺れながら一成も一気に頂点に向かう。

しがみつく彼女の巨乳を強く揉みしだき、最後の力を振り絞って怒張を打ち込んだ。

「あああああっ、私もイク、イクうううううっ」

長い黒髪を振り乱し日菜子は頂点を極めた。肉感的なボディ全体がビクビクと痙攣し、がに股に開かれた脚が何度も引き攣った。

「俺も出る、日菜子の中に出すぞ、うううううっ」

日菜子の最奥に亀頭を突き立てた一成は肉棒を爆発させた。はっきりと言葉で確認したわけではないが、互いに子供が出来てもそれはそれでいいと思っていた。

「あああっ、来た、あああっ、一成の精子、ああああん、たくさん出してぇ」

エクスタシーの発作に身悶えながら日菜子は一成の首にさらに強くしがみつき、股間を擦るように動かしてきた。

精液が迸るたびに表情を恍惚とさせ、ビクビクと全身を痙攣させた。

「ううう、出すよ、ううう、日菜子の子宮をいっぱいにする、うっ！」

亀頭に吸いつきながら擦ってくる日菜子の媚肉の中で、一成は止まらない射精を続けた。

「ああ……あん……一成、ああ、私が一番気持ちよかった？」

頭の芯まで痺れるような快感が収まると、日菜子は汗に濡れた顔を一成に向けて聞いてきた。

「うん……日菜子の中でチ×チンが溶けるかと思ったよ」

これは嘘ではなくやはり相性がいいのか、吸いつきの強い日菜子の女肉の中にいると肉棒が蕩けそうだった。

「ありがとう、嬉しいわ。好きよ一成」

一成の首に腕を回している日菜子は、一成の唇に何度も軽いキスを繰り返した。

「すっかりバカップルじゃん」

一成のほうからもキスをして何度も唇を重ね合っていると、背後から呆れたような声がした。

開けっぱなしだった応接室のドアのところに、身体にバスタオルを巻いた綾乃たち三人が立っていた。

「いいじゃない、ずっと好きだったんだから」

しているところを見られるのはいやだと言って一人この部屋にいたはずなのに、日菜子は別段焦る様子もなくさらに一成の頬や首筋にもキスしてきた。

「えっ、ずっと？」

彼女の言ったずっとが、いったいいつからなのか。初めて肉体関係を持った日からなのか、それとももっと前なのか。

「愛してるよ、一成」

思わずその疑問が声に出てしまった一成の口を、日菜子は淫靡な微笑みを浮かべて塞いできた。

今度は軽いキスではなく、他の三人が見ているのも気にせずに、ねっとりと舌まで絡ませてきた。

（まあいいか……）

日菜子が自分を愛していると言ってくれるだけでいい。そう思いながら一成は、日菜子のグラマラスな裸身を抱き寄せ激しく舌を貪った。

（了）

※本作品はフィクションです。作品内に登場する
団体、人物、地域等は実在のものとは関係ありません。

しくじり女上司

〈書き下ろし長編官能小説〉
2021年4月12日初版第一刷発行

著者……………………………………………美野晶

デザイン…………………………………………小林厚二

発行人…………………………………………後藤明信
発行所…………………………………株式会社竹書房
〒102-0075 東京都千代田区三番町8-1
三番町東急ビル6F
email：info@takeshobo.co.jp
竹書房ホームページ http://www.takeshobo.co.jp
印刷所…………………………中央精版印刷株式会社

■定価はカバーに表示してあります。
■落丁・乱丁があった場合は、furyo@takeshobo.co.jp までメールにて
お問い合わせください。